첫사랑
라이브

창비청소년문학 97

첫사랑 라이브

초판 1쇄 발행 • 2020년 9월 18일
초판 7쇄 발행 • 2024년 6월 3일

지은이 • 조규미
펴낸이 • 염종선
책임편집 • 구본슬 이하나
조판 • 박아경
펴낸곳 • (주)창비
등록 • 1986년 8월 5일 제85호
주소 • 10881 경기도 파주시 회동길 184
전화 • 031-955-3333
팩시밀리 • 영업 031-955-3399 편집 031-955-3400
홈페이지 • www.changbi.com
전자우편 • ya@changbi.com

ⓒ 조규미 2020
ISBN 978-89-364-5697-9 43810

첫사랑
라이브

조규미 장편소설

창비

1장

점심시간을 알리는 종이 울렸다. 아이들이 떠드는 소리가 창문을 타고 넘어가 학교 운동장으로 한꺼번에 날아오르기 시작했다. 교실에서 빠져나온 아이들은 오전 시간을 버티느라 지친 뇌와 위장을 달래기 위해 학교 별관 1층에 있는 식당으로 향했다.

나는 누구보다 일찍 급식을 해치웠다. 적게 먹는 아이들에 비하면 거의 두 배쯤 담아 싹싹 긁어 먹었지만 배 속은 여전히 허전했다. 이따가 집에 가서 라면이라도 끓여 먹어야 할 것 같았다. 식판을 반납하고 나가는데 식당 출입문 밖에 아이들이 모여 있는 것이 보였다.

'뭔데 그러지?'

호기심이 생겨 아이들이 모인 곳으로 다가갔다. 우선 벽에 붙어 있는 하얀 종이가 눈에 띄었다. 거기에는 이렇게 쓰여 있었다.

커플 축제에 대한 당신의 생각은?

그리고 그 옆에서 익숙한 얼굴의 두 사람이 아이들한테 무언가를 나누어 주고 있었다. 그중 한 명은 우리 반 서영이였고 한 명은 3학년 상준이 형이었다. 두 사람 다 학생회 임원이었다. 서영이는 벽에 붙은 종이를 가리키며 말했다.

"자, 찬성하는 사람은 찬성 쪽에, 반대하는 사람은 반대 쪽에 스티커를 붙이면 돼요."

자세히 보니 하얀 종이의 아랫부분이 둘로 나뉘어 한쪽에는 찬성, 다른 쪽에는 반대라고 쓰여 있었다. 찬성 쪽에 스티커가 조금 더 많았다.

스티커를 받자마자 자신이 원하는 쪽에 붙이는 아이들도 있었고 스티커를 든 채 망설이는 아이들도 있었다. 그런가 하면 장난이라도 하듯이 아무 데나 붙이고 가 버리는 녀석들도 있었다. 그런데 갑자기 궁금해졌다. 서영이, 밥은 먹었나? 우리 반에서 내가 제일 먼저 식당에 도착했고 제일 먼저 밥을 먹었으니 서영이는 아직 점심을 못 먹은 게 분명했다. 어휴, 학생회가 뭐라고. 애 밥이나 먹이지. 아니 근데 내가 왜 쟤 걱정을 하지? 내가 무슨 상관이라고. 모르는 척하고 그냥 가려는데 낯익은 목소리가 나를 붙들었다.

"충효야, 저게 뭐야?"

내 뒤를 따라 식당에서 나오던 승호였다. 승호랑은 교실에서 앞뒤로 앉은 사이라서 밥도 같이 먹고 종종 하교도 같이 한다. 조금 어벙한 구석이 있어서 가끔 얘가 진짜 중학생 맞나 하는 생각이 들게 하는 녀석이었다. 그래서인지 순진무구한 얼굴로 질문을 하면 놀려 주고 싶었고 그렇게 놀려 먹는 재미도 쏠쏠했다. 이번에도 엉뚱한 대답으로 녀석을 혼란스럽게 해 줄까 하다가 승호가 혼란스러워하면 나만 귀찮아지겠다 싶어 사실대로 이야기해 주었다.

"작년에 학생회 선거 할 때 저걸 공약으로 걸었잖아."

"공약?"

"그래. 그걸 실천하겠다는 거지, 지금."

"저런 게 공약이었어? 난 몰랐는데?"

이 녀석, 그 유명한 커플 축제 공약을 모르다니. 참 녀석답다.

"커플 축제 때문에 얼마나 시끄러웠는데. 넌 아는 게 뭐냐?"

내가 면박을 주자 승호는 미간을 찌푸린 채 심각한 표정을 지으며 벽에 붙은 종이와 학생회 임원 두 사람을 번갈아 바라보았다. 하긴 커플 축제 같은 것은 나나 승호나 알 필요가 없는 일이었다. 우리가 저런 이벤트에 참여할 가능성은 제로에 가까우니까.

오진중학교 학생회는 작년에 선거 공약으로 커플 축제 개최를 내걸었다. 신선한 아이디어가 아이들의 호응을 이끌어 냈고 결국 선거에서 이겼다. 하지만 그 축제를 정말로 추진할 줄은 몰랐다. 대부분의 아이들이 불가능한 일이라고 생각했기 때문이다. 그런데 예상 밖으로 학생회가 커플 축제를 추진하고 있다는 이야기가 솔솔 흘러나왔다. 솔직히 나는 마음에 들지 않았다. 이번 전교 회장단은 이상한 선배들끼리 모여 수상한 모의를 하다가 엉겁결에 당선된 게 분명하다. 그런데 문제는 서영이도 그 모임에 끼어 있다는 거다. 홍보팀 차장이라나? 홍보팀 부장을 맡은 상준 선배가 추천해서 차장을 맡게 되었다고 한다. 지금도 학생회에서 진행하는 일을 홍보 중인 모양이었다.

"커플 축제? 반대해야 해, 찬성해야 해?"

승호가 다시 물었다.

"네 맘대로."

커플 축제 따위 하든 말든 내 알 바가 아니다. 성의 없이 대답하고 내 갈 길을 가려는데 누군가 내 팔을 덥석 잡았다. 나는 깜짝 놀라 그쪽을 쳐다보았다. 그리고 내 팔을 잡은 사람을 확인한 순간 숨이 멎는 것 같았다.

"충효야, 너도 스티커 붙이고 가야지."

언제 이쪽으로 왔는지 서영이가 한쪽 손으로 내 팔을 잡고 다른 쪽 손으로 내 손바닥 위에 스티커를 올려놓았다. 나는 마치 마법의 주문이라도 들은 듯 조금 전 냉소적인 제스처는 던져 버리고 얌전하게 스티커를 붙였다. 그러자 승호도 스티커를 받았다.

"짜식, 찬성하는구나."

그러면서 승호는 반대 쪽에 스티커를 붙이고 불만스러운 눈빛으로 나를 바라보았다. 하지만 나는 승호의 눈빛 따위 신경 쓸 겨를이 없었다. 조금 전에 있었던 일로 정신이 혼미했기 때문이다. 서영이가 내 팔을 잡고 내게 말을 걸었다. 얼마 만의 일일까. 아니, 처음 있는 일인가? 그리고 나한테만 특별히 스티커를 손바닥에 올려놓아 주었다. 나는 재빨리 스티커가 놓여 있던 손바닥을 만져 보았다. 땀에 젖어 축축했다. 서영이가 스티커를 줄 때도 이렇게 축축했을까? 아, 망했다. 그 애가 불쾌하게 여겼으면 어떡하지. 갑자기 사소한 일들이 신경 쓰이면서 어디선가 뜨거운 바람이 불어오기라도 한 것처럼 더웠다. 화창했지만 더운 날은 아닌데도 나는 내 자리에 앉아 연신 공책으로 부채질을 해 대며 서영이가 언제쯤 교실로 들어오나 기다렸다.

점심시간이 끝나기 5분 전이었다. 갑자기 1반의 도훈이가 나를 찾아왔다. 내가 복도로 나가자 도훈이는 나를 끌고 4층에 있는 탈의실로 향했다.

"야, 뭐 해? 여긴 왜?"

도훈이는 대답도 안 하고 탈의실에 아무도 없는지부터 확인했다. 그런데 도훈이의 표정이 심각했다. 뻔뻔한 녀석이라 웬만한 일에는 얼굴색 하나 변하지 않는 놈인데 지금은 귀 끝이 살짝 발간 것이 무슨 일이 있는 게 분명했다. 도대체 무슨 꿍꿍이일까? 도훈이는 평소답지 않게 얼굴을 붉히며 입을 열었다.

"내 부탁 좀 들어줘."

"뭔데 그래?"

"너네 반에 이서영 있잖아."

어라, 이 녀석이 서영이 이야기는 왜 꺼내는 거지?

"우리 반에 그런 애가 있었나?"

나는 고개를 갸웃거리며 이렇게 대답했다. 속으로는 서영이가 자기 반인지 모르는 애는 하나도 없을 것이라고 생각하면서 말이다.

"짜식, 너 장난칠래?"

도훈이가 난감한 표정을 지으며 내 팔을 툭 쳤다. 나는 순순히 원하는 대답을 해 주고 싶지 않았다.

"있다고 치고. 왜?"

도훈이와 나는 나름대로 절친이다. 초등학교 내내 같은 태권도 도장에 다녔다. 중학생이 된 후 예전처럼 매일 보지는 못해도 이 녀석에 대해서는 모르는 게 없다고 자부할 수 있다. 그런데 오늘 녀석의 태도가 정말 이상하다. 도훈이가 머뭇거리며 물었다.

"이서영, 걔 남자 친구 없지?"

어라, 분위기가 이상한 쪽으로 흘러간다.

"없다고 치고. 왜?"

뭔가 불길한 예감이 들었다. 텁텁한 탈의실의 공기가 갑자기 답답하게 느껴지면서 속이 울렁거리고 목구멍이 콱 막히는 것 같았다.

"나 말이야, 걔한테 고백하려고……. 작년에 같은 반일 때부터 고백하려고 했는데 못 했어. 지금이라도 하려고."

뭐라고? 김도훈이 이서영한테 고백한다고? 나는 무슨 소리냐고 되물으려 했다. 그런데 이상했다. 그 순간 입이 굳어서 아무 말도 안 나왔다. 아예 온몸이 굳어 버린 것 같았다. 갑자기 쇠로 만든 커다란 종이 된 것 같았다. 도훈이 녀석이 나를 '구우우웅' 하고 친 것 같았다. 왠지 모르겠지만 나는 잠시 제정신이 아니었다.

"충효야! 왜 그래?"

도훈이가 놀라서 나를 쳐다봤다. 멍한 표정을 지은 채 말을 잇지 못하는 내 모습이 이상했을 것이다. 그때 하늘의 계시처럼 진짜 종소리가 들렸다. 점심시간이 끝나고 5교시가 시작되었다는 것을 알리는 소리였다. 나는 마치 도훈의 이야기에 놀란 것이 아니라 그 종소리에 놀란 것처럼 곧장 탈의실 문으로 향했다.

"야, 어디 가?"

뒤에서 도훈이가 다급하게 물었다.

"종 쳤잖아. 수업 시작해."

탈의실을 나가 계단을 내려가는데 도훈이가 따라오면서 말했다.

"내가 지금 용기 내서 말했는데 이렇다 저렇다 말을 해 줘야지."

"뭘 말해 줘?"

"네가 보기에는 어떨지 말이야. 내 고백을 받아 줄 것 같냐고."

서영이가 네 고백을 받아 준다고? 말도 안 돼! 속으로 이렇게 생각했지만 아무 말도 하지 않았다.

"그걸 내가 어떻게 알아?"

"도와줄 사람이 너밖에 없어서 그래!"

도훈이는 계단을 내려오는 내내 내 뒤통수에 대고 종알거렸다.

"커플 축제 하기 전에 고백하려고 하는데, 어때?"

"커플 축제랑 너랑 무슨 상관이야?"

"그 전에 커플이 되어야 하니까."

나는 기가 막혀서 더 이상 대구를 하지 않았다. 그런데 내가 아닌 다른 사람이 도훈이 말에 대답을 했다.

"뭐라고? 커플이 되어야 한다고?"

나와 도훈이는 깜짝 놀라서 뒤를 돌아보았다. 담임 선생님이 빙글빙글 웃으며 우리를 바라보고 있었다. 그러자 도훈이는 선생님을 향해 고개를 한번 까딱하더니 자기네 반 교실로 내뺐다. 의도치 않게 나와 담임 선생님만 복도에 남았다. 그러고 보니 5교시는 담임 과목인 과학 시간이었다. 나는 담임과 우리 반 교실까지 함께 가야 하는 것이다. 어휴, 도훈이 녀석 때문에 이게 뭐야! 나는 어쩔 수 없이 선생님과 교실을 향해 어정어정 걸었다.

"학생회가 한다는 커플 축제 때문에 커플이 되려는 거니?"

"그런가 봐요."

내키지 않았지만 대답은 하는 것이 인지상정인 듯해서 짧게 대꾸했다. 그런데 그것으로 끝나지 않았다. 선생님은 교실에 들어가더니 아이들에게 대뜸 이렇게 말한 것이다.

"얘들아, 충효가 커플이 되어야 한다는데 너희도 다 그렇니?"

선생님, 그게 무슨 말씀이세요? 제가 언제 그렇게 말했어요? 제가 커플이 되어야 한다는 게 아니라 도훈이가 커플이 되려고 하는 거 잖아요. 아까 선생님 보자마자 바로 내뺐던 녀석 말이에요. 단어 하나 바꾸면 얼마나 뜻이 다르게 전달되는지 아세요? 나는 황급히 손사래를 치며 부정의 뜻을 전했지만 선생님은 내 쪽을 쳐다보지도 않았다. 아이들은 그 말에 교실이 떠나갈 듯이 웃기 시작했다. 책상을 두드리며 웃는 아이, 옆자리 친구를 때리며 웃는 아이, 쿡쿡대며 어깨를 들썩이는 아이, 하마처럼 입을 벌리고 웃는 아이……. 담임 선생님은 마치 우리에게 웃을 수 있는 시간을 선사한 천사라도 된 듯 선한 미소를 지으며 아이들을 바라보았다.

아이들이 터뜨리는 웃음의 의미는 명백했다. 충효가 커플이 되고 싶어 한다니 정말 코미디다! 네가 커플이 되면 우리 모두가 커플 된다! 뭐 그런 뜻을 담고 있을 것이다. 아, 정말 억울하다. 나는 곧 절망적인 결론에 도달했다. 이 상황은 절대 수습이 안 된다는 것, 여기서 큰 소리로 항의해 봤자 나만 손해일 뿐이라는 것. 피할 수 없으면 즐겨라! 중학생이 되고 나서 얻은 깨달음이었다. 이럴 때는 뚱보의 여유를 보여야 한다. 나는 어금니를 물고 손가락으로 브이를 만들어 보였다. 그다음으로는 느물거리는 웃음을 머금으며 내 자리에 앉았다. 이 미소는 내가 만든 미소였다. 이충효표 푸근 미소. 이렇게 이름 붙이고 적절한 때에 가져다 썼다. 그것이 내가 나를 지키는 방법이었다.

"야, 너 진짜 커플 하려고?"

앞자리에 앉은 승호가 눈치도 없이 내게 물었다. 나는 애먼 승호에게 화풀이했다.

"뭔 소리야!"

승호는 눈을 흘기고 고개를 돌렸다. 내가 몸집이 크다고 마음도 넓을 줄 아는데 그건 오산이다. 나는 사실 작은 일에도 신경을 많이 쓰고 뒤끝도 심한 성격이다. 그런데 사람들은 내가 웬만한 일에는 무심하고 나쁜 일도 금방 잊어버리는 털털한 성격인 줄 안다. 처음에는 내 예민한 성격을 드러내곤 했지만, 시간이 지나며 나는 대충 무던한 척 연기하며 사는 게 편하다는 것을 알게 되었다.

더욱이 지금의 담임 선생님은 은근히 나를 많이 이용했다. 물론 나쁘게만 이용한 것은 아니다. 각종 선행과 모범 사례로 나를 이용한 적도 많았다. 청소를 잘해서 감동했다든가 과학 실험을 잘해 놀랐다든가 등등 미담의 주인공으로 나를 등장시킬 때도 꽤 있었다. 그러다가 한번씩 이런 코미디에 동원되었다. 나는 코믹 요소를 많이 갖춘 인간이었다. '충효'라는 이름도 그랬다. 나라에 충성하고 부모님께 효도하라는 뜻을 담아 돌아가신 할아버지께서 지어주신 이름이다. 요즘 트렌드에는 맞지 않아도 초등학교 때까지는 쓸 만했다. 어른들은 이름 좋다며 내 머리를 쓰다듬어 주셨다.

하지만 중학생이 되자 상황이 달라졌다. 나라에 충성한다는 뜻의 '충'은 동음이의어인 '벌레 충' 자로 전락하고 말았다. 거기에 나의 신체 조건을 빗댄 말들이 들러붙기 시작했다. 아이들은 경쟁하듯이 끔찍한 말들을 만들어 내 대포를 쏘듯이 펑! 하고 공중에 터뜨렸다. 그때마다 아이들은 자지러지게 웃었다. 선생님마저 웃음을 참지 못하겠다는 얼굴로 창밖을 바라볼 때면 교실을 뛰쳐나가고 싶었다.

"조용. 수업 시작합니다."

선생님의 말씀에 아이들은 그제야 진정하고 책을 폈고, 나는 지옥의 스파링을 끝내고 링 아래로 내려온 복서처럼 씩씩거리며 마음속의 불길을 가라앉혔다.

다음 날 조회 시간에 담임 선생님이 낯선 아이 한 명을 데리고 들어왔다. 아직 잠이 덜 깨 게슴츠레하던 아이들의 눈이 단박에 커졌다.

"이름은 정다진. 금방 적응할 수 있도록 많이 도와주자."

전학생이 긴장한 표정으로 아이들을 바라보았다. 뭔지 모르게 새침한 분위기를 풍기는 아이였다. 하얀 얼굴에 약간 밝은 색의 머리카락, 꾹 다문 입술. 입가에 미소를 지으려고 애쓰지만 마음대로 되지 않는 것 같았다. 무엇보다 그 애의 눈빛은 전학이라는 사건을 겪느라 그런지 겁을 먹은 것처럼 보이기도 했다.

"빈자리가 충효 옆자리밖에 없네. 어쩌지?"

선생님이 내 쪽을 바라보며 말했다. 나는 당황했다. 내 옆자리에 온다고? 으윽, 안 돼! 전학생이 내 옆에 온다니! 저 애가 별로 안 좋아할 텐데. 선생님, 걔한테 자리 고르라고 하세요! 하지만 나는 눈동자만 굴릴 뿐 아무 말도 하지 못했다. 선생님이 교실 안을 휘휘 둘러보더니 다시 내 쪽을 바라보며 전학생에게 말했다.

"조금 좁겠지만 저기 앉아라. 오래 앉지는 않을 거야."

내 귀를 의심했다. 좁겠다고? 내 몸집을 두고 하는 말인가? 기분이 상하려고 하는데 아이들까지 낄낄대며 웃었다. 여기서 화를 내 봐야 내 체면만 구길 뿐이다. 나는 이번에도 이충효표 푸근 미소를 씨익 지으며 아이들을 향해 어깨를 한번 으쓱했다. 기분 탓이겠지만 서영이가 앉아 있는 쪽에서 웃음소리가 더 크게 들리는 것 같아 미소를 지으면서도 얼굴이 화끈거렸다.

1분단이다 보니 그 애는 내 의자 뒤로 들어가야만 자리에 앉을 수 있었다. 나는 최대한 책상 쪽으로 몸을 밀착했지만 전학생은 들어가지 못하고 엉거주춤 서 있었다. 그러자 뒷자리에 앉은 아이가 책상을 끌어당겨 길을 터 줬고 그제야 전학생은 자리에 앉을 수 있었다. 등줄기로 식은땀이 주르륵 흘렀다. 내가 전학 온 것도 아닌데 왜 내가 땀이 나야 하나. 전학생이 원망스럽고 선생님이 얄미웠다.

담임 선생님이 나가자 교실은 다시 아수라장이 되었다. 나는 갑자기 자리가 불편하게 느껴졌다. 전학생에게 말을 걸자니 입이 안 떨어지고 가만히 있자니 너무 어색했다.

"야, 뚱효!"

앞에 앉은 승호가 갑자기 돌아보면서 나를 불렀다. 전학생이 그 소리를 듣고 흠칫 놀라는 것 같았다. 승호 녀석, 평소에는 이름만 잘 부르던 놈이 왜 철 지난 별명을 들먹이는 걸까. 전학생 앞에서 나를 우습게 만들려는 것이 분명했다. 나라고 가만히 있을 수 없다.

"왜? 똥쟁아!"

그렇다. 승호 역시 지저분한 별명을 여럿 가지고 있다. '똥쟁이'는 수업 중 찾아온 설사 증세 때문에 화장실에 여러 번 달려간 날 생긴 별명이다. 내가 거칠게 반응하자 승호가 주눅 든 표정으로 말했다.

"너, 샤프 남는 거 있어?"

"없다. 이 똥쟁아!"

"없으면 없는 거지. 왜 지……."

승호는 말끝을 흐리며 전학생을 슬쩍 훔쳐보았다. 하려던 욕을 멈추고 얌전해지는 게, 전학생을 의식하고 있는 듯했다. 그때 익숙한 목소리가 들렸다.

"너, 채은이 친구지?"

나는 깜짝 놀라 고개를 들었다. 언제 왔는지 서영이가 서 있었다. 서영이가 말을 건넨 아이는 내가 아니라 전학생이었다. 전학생이 눈을 동그랗게 뜨고 서영이를 바라보면서 고개를 끄덕였다. 전학생의 얼굴에 놀란 기색이 역력했다.

"채은이가 정다진이라는 애가 우리 학교로 전학 올 거라고 해서……."

서영이가 말을 흐렸다. 전학생의 반응이 뭔가 떨떠름하다고 느낀 모양이었다.

"아아, 그랬구나."

전학생은 여전히 경계하는 눈빛으로 서영이를 쳐다보더니 고개를 숙여 버렸다. 머쓱해진 서영이는 나를 한번 힐끗 보더니 자리로 돌아갔다. 내 눈과 서영이의 눈이 마주친 순간 나는 온 세상의 스위치가 잠깐 꺼졌다가 다시 켜진 기분이었다. 어제와 오늘, 두 번이나 눈이 마주치다니, 이건 무슨 계시 아닐까?

서영이가 머물렀던 자리에서 향긋한 냄새를 느낀 동시에 그 애의 얼굴에 뭔가 변화가 있다는 것을 알아차렸다. 뭐지? 갑자기 몇 살은 더 성숙해진 느낌? 뭐가 달라진 건지 머리를 쥐어뜯던 나는 순간 깨달았다. 가까이서 볼 일이 없어서 잘 몰랐는데 연하게 화장을 하고 있던 것이다. 향긋한 냄새도 화장품에서 나는 냄새였다. 서영이의 얼굴이 언제부턴가 조금 달라졌다고 생각했는데 아마 그것 때문이었나 보다. 화장은 우리 누나도 종종 하는 거라 크게 낯설지는 않은데……. 불안한 예감이 들었다. 혹시 서영이에게 무슨 일이 있는 걸까? 누군가 잘 보여야 할 사람이 있는 걸까?

사실 어젯밤엔 한숨도 자지 못했다. 도훈이의 속내를 알게 된 후 갑자기 머릿속이 복잡해졌기 때문이다. 도훈이는 내게 도와 달라 했지만 반대로 내 마음속에서는 그 계획이 절대로 실행되어서는 안 된다는 생각이 단단히 똬리를 틀었다.

이제 어떻게 해야 하나? 이런저런 고민을 하느라 한참 동안 잠을 못 이루다가 벌떡 일어났다. 불을 켜고 책장에 꽂혀 있던 졸업 앨범을 꺼내서 서영이를 찾았다. 서영이와는 같은 유치원과 초등학교를 나왔고 초등학교 때는 세 번인가 같은 반이었다. 꽤 친하게 지냈던 시절도 있어서 내 생일에 서영이를 초대한 적도 있었다. 겨우 작년 한 해 같은 반이었던 도훈이와는 비교도 안 되는 시간을 함께해 온 것이다. 그 사실을 떠올리자 도훈이를 향한 작은 승리감이 고개를 들었다. 단체 사진에서 내가 맨 뒷줄에 서 있으면 서영이는 맨 앞줄에 앉아 있고, 내가 오른쪽 분단에 있으면 서영이는 가운데 분단에 있긴 했지만. 사진 속에서 서영이의 예전 모습을 발견하는 일은 보드라운 크림빵을 베어 무는 것만큼이나 흐뭇한 일이었다.

올해 다시 같은 반이 되면서 나는 서영이의 존재를 새롭게 발견했다. 오랜만에 만난 그 애는 반짝반짝 빛나 보였다. 그냥 알던 아이가 특별한 아이가 된 느낌. 그건 뭐랄까, 아직 낮이라고 생각했는데 잠깐 한눈을 판 사이 저녁이 되어 버린 느낌이랄까. 낮에 발견하지 못했던 가로등이 켜지고 형광의 네온사인이 빛을 내기 시작하면서 나도 모르게 들뜨고 묘한 설렘을 느꼈다.

서영이의 화장한 얼굴을 떠올리니 마음이 복잡했다. 그 애가 점점 다른 사람이 되는 것 같았다. 사진 속 순수하고 다정한 서영이가 아닌 내가 모르는 세계의 낯선 서영이가 되는 것 같았다. 달라진 것은 얼굴만이 아니었다. 그 애의 웃음소리도 언제부턴가 낯설었다.

사실 예전에 서영이의 웃음소리가 어땠는지 기억나지 않는다. 그저 빙긋이 미소 짓곤 했던 것 같은데, 요즘은 걸핏하면 커다란 웃음소리가 교실의 공기를 가르고 들려왔다. 왠지 모르지만 그 소리가 들리면 마음이 불안해졌다. 그런 나 자신도 이상했다. 웃음소리를 들으면 기분이 좋아져야 하는데 왜 불안해질까. 그리고 불안감은 얼마 안 가 눈앞에 실체를 드러내고 말았다. 마치 증거물이라도 되듯이.

당번이라 남아서 청소를 하던 중이었다. 복도를 대충 치우고 아이들이 다 빠져나간 교실을 쓸기 시작했다. 비질을 너무 열심히 한 건지, 아니면 힘 조절을 못한 건지, 빗자루가 책상 다리를 살짝 치기만 했는데 누군가의 책상 서랍 속에 들어 있던 노트 하나가 바닥으로 떨어졌다. 아마도 서랍에 비스듬히 꽂혀 있었나 보다. 노트는 바닥에 떨어지면서 맨 뒤쪽 페이지가 펼쳐졌다. 귀엽고 앙증맞은 그림들이 인쇄되어 있는 것을 보니 몇몇 애들이 좋아하는 다이 어리나 스케줄 플래너인 것 같았다. 누나도 학기 초에 저런 것들을 사서 애지중지하다가 얼마 못 가 여기 뒹굴, 저기 뒹굴 하는 신세 로 만들었다. 바닥에 떨어진 노트를 주워 올리는데 동글동글한 모 양의 글씨가 눈에 들어왔다.

*열다섯 살에 꼭 이루고 싶은 것
첫 번째, 다이어트(3킬로 빼자☹)
두 번째, 성적 올리기(1학년 평균보다 3점 올리기✏)
세 번째, 현과 커플 폰♡(용돈 모으기 시작✈)

맨 마지막 문장을 읽는 순간 나는 그 자리에 얼어붙었다.

서영아, 힘내! 넌 할 수 있어!

그 노트는 서영이의 것이었다. 나는 세 번째 항목에서 눈을 뗄 수 없었다. 현과 커플 폰!

'서영아, 커플 폰이라니, 커플이라도 된 거야? 도대체 누구랑?'

가슴에 구멍이 뻥 뚫린 것 같았지만 나는 담담하게 그 노트를 서랍 속으로 밀어 넣었다. 그리고 아무 일 없었다는 듯이 청소를 계속했다. 나는 놀랐지만 놀란 티를 낼 수 없었고 슬펐지만 슬픈 티를 낼 수 없었다. 만약 누군가 나를 눈여겨 보았다면 얼굴이 빨개지도록 열심히 청소하는 모습으로 보였겠지.

그 후 내 머릿속에서는 한 글자가 떠나지 않았다.

현.

도대체 누구일까? 서영이가 누군가와 사귄다는 사실을 왜 모르고 있었을까? 언제부터 커플이 된 걸까? 다른 아이들은 다 알고 있는 걸까? 나만 모르고 있던 걸까?

이름에 '현'이라는 글자가 있는 아이들을 떠올렸다. 아무리 생각해도 짚이는 아이가 없었다. 어쩌면 내가 모르는 사람일 수도 있었다. 서영이는 앨범 사진 속에 머물러 있는 아이가 아니었다. 정신을 차리고 보니 어느새 서영이는 내가 모르는 세계에 있었다. 그걸 내가 애써 부정하고 싶었던 것뿐이다. 그러고 보니 도훈이한테 해 줄 말이 생겼다. 아무래도 사귀는 애가 있는 모양이라고. 도대체 현은 누굴까.

'알아서 뭐 해? 안다고 뭐가 달라져?'

맞다. 나와 상관없는 일이다. 그동안 마음속에 품었던 생각들을 모두 지워 버려야 한다. 그리고 나의 비밀을 꼭꼭 숨기리라 다짐했다. 나는 아무도 좋아한 적이 없다. 고백을 망설인 적도 없다. 나는 서영이에게 그저 반 친구일 뿐이다. 진지한 고민 따위 하지 않는, 실없는 행동으로 아이들을 웃기기나 하는 얄팍한 친구. 청소를 마치고 집으로 돌아가는 발걸음이 그 어느 때보다 무거웠다.

2장

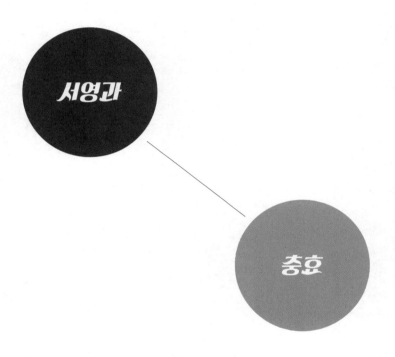

'내일 공개 방송 가서 현이랑 눈이 마주치게 해 주세요. 더 바라지도 않아요. 딱 한 번! 딱 한 번만요. 아아아멘!'

매일 밤 해 온 간절한 기도를 오늘도 되뇌었다. 하지만 이렇게까지 구체적이고 생생한 멘트는 처음이다. 필현이가 우리 동네로 이사 오게 해 주세요, 현이랑 연애하게 해 주세요. 문답 사이트에 이런 질문을 올린 적도 있다. 오션의 멤버 현과 결혼하려면 어떻게 해야 하나요? 그동안 했던 기도가 얼마나 어이없는 것들인지 이제야 깨닫는다. 그러나 오늘 밤의 기도는 내일 당장 실현될 확률이 60퍼센트 정도? 그 정도는 되지 않을까? 이런 날이 오다니 꿈만 같다.

나는 이불을 턱까지 끌어당기고 눈을 감았다. 귀에 꽂은 이어폰에서 들려오는 「세븐 데이즈」가 내 귓가를 달콤하게 간질이기 시작하자 감은 눈 저편에서 환한 빛이 번지면서 익숙한 실루엣이 나타났다. 우리 현이다. 등 뒤에서 쏟아지는 빛 때문에 얼굴이 뚜렷하게 보이지는 않지만 날렵한 턱선과 어깨 모양, 팔꿈치의 각도만 봐도 누군지 알 수 있다. 잠시 후 달달한 목소리가 마음속에서 울려 퍼진다.

서영아, 오늘도 힘들었지? 네가 잠들 때까지 노래해 줄게.

역시 현이는 내가 오늘 하루 얼마나 힘들었는지 안다. 나를 위로해 주는 우주 유일의 존재! 가슴이 벅차오른다. 눈물이 나려는 걸 참고 최대한 밝은 목소리로 대답한다.

나 내일 무대 보러 공개 방송 가. 그러니까 내가 있는 쪽을 꼭 봐 줘야 해. 알았지?

검은 실루엣이 고개를 끄덕인다. 그리고 나를 향해 방긋 웃는다. 아니 웃었을 것이다.

물론이지. 잘 자.

그는 언제나 조금의 망설임도 없이 내가 원하는 대답을 해 준다. 나는 눈을 감은 채 나를 향해 윙크하는 얼굴을 상상한다. 그리고 노래를 들으며 잠을 청한다.

언제부턴가 매일 밤 반복하는 나만의 의식.

기분이 좋아지기는 하지만 왠지 모르게 뒷맛이 씁쓸하다. 그리고 그런 느낌이 들기 시작하면 조금 전의 기분 좋은 빛은 자취도 없이 사라지고 세상은 순식간에 캄캄한 어둠으로 가득 찬다. 눈을 뜨면 낮은 천장이 보이겠지. 어두운 벽의 낡고 작은 창문으로 힘없이 번지는 불빛이 보이려는 찰나, 다시 눈을 질끈 감는다. 눈 뜨면 안 돼! 현실은 시궁창이야. 꿈 깨지 말자. 절대로 깨지 말자.

자리에 앉자마자 책상 서랍 속을 더듬었다. 교과서랑 공책들 사이에서 다이어리가 손에 잡혔다.

'여기 두고 갔구나. 다행이야.'

다이어리를 꺼내 가방 속에 넣는데 옆 분단에서 누군가의 시선이 느껴졌다. 무심코 그쪽을 바라보다가 충효와 눈이 마주쳤다. 조금 전에 왔는지 가방을 책상 위에 올려놓은 채였다. 나와 눈이 마주치자 충효는 얼른 고개를 돌렸다. 커다란 몸집과는 어울리지 않는 재빠른 속도였다.

오랫동안 한동네에서 살다 보니 한 친구와 여러 번 같은 반이 되는 경우가 종종 있다. 충효도 그런 경우다. 그다지 친하게 지내지는 않았지만 여러 번 같은 반이었다. 그러다 보니 그 애의 외모 변천사를 저절로 꿰게 되었다. 충효는 초등학교 때만 해도 토실토실한 아기 돼지 같은 모습이었다. 한번쯤 볼을 꼬집고 싶고 머리를 쓰다듬어 주고 싶은 그런 꼬마 말이다. 그런데 지금은 예전의 모습을 찾아볼 수 없게 변해 버렸다. 중학생이 되면서 귀여움은 사라지고 커다란 덩치만 남았다. 외양만 변한 것이 아니라 성격도 변한 것 같았다. 말끝마다 욕을 붙였고 말투도 항상 누군가와 싸우는 것처럼 공격적이었다. 귀여운 꼬마가 어느새 비호감 캐릭터로 변해 버린 것이다.

그런가 하면 정말 괜찮게 변한 애들도 있긴 하다. 누구라고 꼽을 수는 없지만 보석이 자신을 감싸고 있던 흙먼지를 털어 내고 빛나기 시작하는 것처럼 말이다.

나는 충효의 큼지막한 등에서 눈을 떼고 가방 속에 고이 모신 다이어리를 손가락으로 한 번 더 확인했다. 항상 잘 챙겨서 다녔는데 어제는 수업 끝나고 혜민이랑 이야기를 하면서 열을 올리다가 깜빡한 모양이었다.

혜민이는 나처럼 '오션'의 팬이다. 하지만 '최애'는 나와 다르다. 혜민이가 가장 좋아하는 멤버는 '루이'고 내가 가장 좋아하는 멤버는 '현'이다. 오션에서 '현'이라는 예명으로 활동하는 필현.

왜 하필 현이냐고 물으면 뭐라고 말을 해야 할지 모르겠다. 혜민이도 왜 루이가 좋은지 이야기하기 어려울 것이다. 무슨 말을 해도 그 이유가 전부만은 아니라는 생각이 들기 때문이다. 그런 이야기를 들은 적이 있다. 누군가를 좋아하는 데에는 어떤 이유가 있는 것이 아니라고. 그 존재의 특별한 무언가를 발견했기 때문에 좋아하는 것이라고. 그래서 누군가를 좋아하는 것은 그 무언가를 발견하는 능력을 지니고 있는 것이라고. 나는 오션과 필현이의 특별함을 발견한 사람이다.

하지만 우리 같은 능력을 가진 아이들이 많지는 않은 것 같다. 우리 반에 오션을 좋아하는 사람은 나와 혜민이, 달랑 두 명이다. 학교 전체를 찾아 봐도 별로 없을 것이다. 그만큼 우리는 다른 애들과는 조금 다른, 말하자면 '마이너한' 팬덤이다. 그렇다고 오션이 시시한 보이 그룹이라고 생각한다면 오산이다. 대형 기획사 아이돌처럼 화려한 행보를 하지는 못하지만 오션은 한 명 한 명 아주 특별한 매력을 지니고 있다. 누군가는 오션이 다른 아이돌에 비해 인기가 좀 처진다고 깎아내리기도 하는데 뭘 몰라서 하는 소리다. 오션이 단기간에 돈을 벌자고 달려들었다면 더 많은 돈을 쓸어 담았을 것이고, 온갖 방송마다 얼굴을 내밀었다면 더 유명한 아이돌이 되었을 것이다. 하지만 오션의 소속사는 그런 방향을 선택하지 않았다. 그걸 뭐라고 설명하면 좋을까, 대중성 대신 독창성을 추구했다고 할까? 노래도 그렇고 콘셉트도 그렇고 누구나 좋아하는 흔한 스타일은 아니다. 그래서 특별한 눈을 가진 팬들만 오션의 매력을 알아볼 수 있다.

그 덕분인지 팬덤의 충성도는 타의 추종을 불허한다. 우리가 아니면 누가 오션을 지키랴! 이런 심정이랄까. 솔직히 말하면 나도 오션의 팬이 된 지는 얼마 안 됐지만, 앞으로 영원히 오션의 팬을 하기로 마음먹었다. 나는 할머니가 되어서도 오션의 팬으로 남아 있을 것이다.

학기 초, 반 아이들과 조금씩 인사를 트기 시작했을 때였다. 우연히 혜민이 공책에 붙어 있는 오션의 사진을 보고 감을 잡았다.

'저 사진을 소장하고 있을 정도면 오션 덕후 맞다!'

내가 먼저 혜민이에게 오션의 팬이라는 사실을 밝혔다. 그러자 혜민이는 학교에서 흔하게 만날 수 없는 '오리'를 발견한 기쁨에 교실이 떠나가라 소리를 질렀다.(오리는 오션의 팬들을 부르는 애칭이다. 팬클럽 이름은 오리진인데 줄여서 '오리'라고 부른다.) 놀라움과 기쁨이 섞여 느닷없이 터진 괴성 탓에 주변에 있던 아이들이 모두 눈살을 찌푸리고 투덜댔지만 우리는 손을 맞잡고 경중경중 뛰면서 반가워했다. 같은 반 오리를 만나는 것은 쉽지 않은 일이기 때문이다.

그로부터 며칠 후 나와 혜민이는 팬이 된 순간에 대해 털어놓으며 울고 말았다. 오션이 우리의 영혼을 사로잡은 순간, 마음 속에서 어떤 일이 일어났는지, 오션이 재투성이 현실에서 어떻게 우리를 구원했는지, 그래서 앞으로 해야 할 일은 무엇인지. 우리는 눈물을 닦으면서 맹세했다. 영원히 오션을 사랑하기로.

그러나 안타깝게도 혜민이는 공개 방송 티켓을 얻지 못했다. 공개 방송, 그러니까 '공방'은 오션의 무대를 실제로 볼 수 있는 몇 안 되는 기회였다. 공개 방송 공지가 뜨자마자 나는 마치 시한폭탄의 암호를 해제하듯이 절박한 손놀림으로 댓글을 쓰고 엔터를 눌렀다. 이미 내 앞으로 100개가 넘는 댓글이 달린 후였지만 나는 무사히 공방 대열에 끼었다. 혜민이 역시 서둘러 댓글을 달았지만 나와 그 애 사이에 있는 30여 개의 댓글이 당첨과 낙첨을 갈라 버렸다.

"서영아, 큰 가방에 나 넣어 가지고 가면 안 될까?"

1교시가 끝나자마자 혜민이가 내 자리로 왔다. 나를 바라보는 혜민이 얼굴에 부러움이 가득했다.

"내가 실시간 영상 보내 줄게. 그럼 너도 현장을 느낄 수 있을 거야."

혜민이는 고개를 끄덕였지만 자기는 못 가고 나만 가는 게 못내 속상한 모양이었다.

"가면 오리들도 많이 만날 거 아냐. 오션 보는 것도 좋지만 오리들 만나는 게 진짜 대박이다."

입이 쑥 나온 혜민이는 계속 쫑알거렸다. 가지 못하는 서운함을 나한테 몽땅 풀 생각인가 보다.

"서영아, 정말 어떻게 안 될까? 나 진짜 가고 싶어. 같은 오리끼리 너만 가면 의리 없어!"

혜민이의 마음을 이해 못하는 것은 아니지만 내가 어떻게 해 줄 수 있는 일이 아니었다. 그러니까 댓글을 빨리 달았어야지. 속으로 중얼거리는데 뒤에서 누군가의 목소리가 들렸다.

"오리는 무슨, 너희는 새우젓일 뿐이야."

언제 왔는지 도진희 선배가 미간을 잔뜩 찌푸리곤 우리를 보고 있었다. 1,2학년 여학생들의 압도적 지지에 힘입어 전교 회장으로 당선된 선배다. 같은 학생회 소속이라서 일주일에 한 번 정도는 만나는데, 내가 오션 팬이라는 사실을 알게 된 뒤로는 가끔씩 내 얼굴을 보며 한심하다는 듯이 혀를 끌끌 찼다.

"내가 해 봐서 알아. 다 헛짓이야. 꿈 깨!"

본인으로 말할 것 같으면 이미 초등학생 때부터 '덕질'에 영혼을 불살랐다나? 작년 여름에 크나큰 깨달음을 얻고 그만뒀다고 하는데 그다지 신뢰가 가진 않는다. 무엇보다 진희 선배는 아이돌에 빠질 스타일이 아니다.

"이서영, 점심시간에 학생회실로 와. 회의 있어."

선배는 내 대답은 듣지 않고 횡하니 가 버렸다. 그러나 나는 오늘 학생회 회의에 갈 컨디션이 아니었다. 학교에서 기운을 비축해 놨다가 공개 방송에서 터뜨릴 예정이기 때문이다. 오늘은 정말 다른 생각은 하나도 안 하고 오션 생각만 하고 싶다.

점심을 먹은 후 자리에 앉아 필현이 생각을 하며 명상이라도 하려고 엎드렸다. 눈을 감자마자 망막 위에서 현이 고개를 까딱거리고 어깨를 흔들며 춤을 추기 시작했다. 나는 침을 꼴깍 삼킨 후 나른한 휴식에 빠졌다. 몇 시간 후면 무대를 실제로 보는 거다. 이런 멋진 일이 진짜로 나한테 일어나다니! 아, 행복해. 그러나 달콤한 순간은 오래가지 못했다.

"이서영, 너 왜 회의 안 와?"

벼락같은 소리가 머리 위로 쏟아졌다. 나는 눈을 게슴츠레 뜨고 고개를 들었다. 학생회에서 홍보부장을 맡고 있는 상준 선배의 얼굴이 보였다.

"아, 저……, 너무 졸려서……."

"지금 한가하게 졸 때야? 누군 심심해서 회의 가나?"

상준 선배가 어이없다는 얼굴로 나를 노려보았다. 나는 꼼짝없이 상담실 옆에 있는 학생회실로 끌려갔다. 그곳에는 도진희 선배를 비롯해 학생회 임원들이 이미 와 있었다. 회의를 주도하는 진희 선배 말을 임원들 모두 진지한 얼굴로 경청하는 중이었다. 나는 테이블 위에 있는 종이를 흘끔 보았다.

커플 축제 계획서

커플 축제는 작년 겨울 전교 회장 선거에서 도박 커플이 들고 나온 공약이었다. 학생회장 후보인 도진희와 부회장 후보인 박지평 커플. 물론 이들은 진짜 커플이 아니라 전교 회장단 선거를 함께 뛴 러닝메이트다. 하지만 모두들 도박 커플이라고 불렀다. 선거 공약으로 들고 나온 '커플 축제' 때문이다.

처음에는 저게 가능하냐, 말도 안 된다는 반응이었지만 점점 호응하는 아이들이 많아졌다. '왕따 없는 학교'를 내세운 상대편 경쟁자는 선거 운동이 계속될수록 힘을 잃었다. 물론 '커플 축제'의 본질에 대해 문제 제기를 하는 아이들도 꽤 있었다.

"그러니까 커플이 아니면 축제에 못 참여하는 거잖아."

"이건 커플이 아닌 대다수에 대한 차별이지 뭐야?"

"학교에서 허락해 줄 리가 없지!"

"전교 회장단에서 커플 장려하는 거야?"

만만찮은 반대에도 불구하고 '커플'은 '왕따'를 이겨 버렸다. 압도적인 표 차이로 당선된 것이다. 막상 뚜껑을 열어 보니 공개적으로 도박 커플을 뽑을 거라고 이야기한 아이들보다 더 다수의 지지를 받았다.

학기 초에 학생회가 정식으로 구성되고 처음 회의를 했을 때만 해도 커플 축제에 대해 회의적인 의견이 많았다. 하지만 주요 공약이었던 만큼 어려움에 부딪히더라도 시도하자는 쪽으로 의견이 모였다. 그러나 학생회 임원들의 의견보다 더 중요한 것이 있었다. 오진중학교 학생들이 정말로 커플 축제를 원해서 도박 커플에게

투표한 것인지였다. 그래서 커플 축제에 대한 여론 조사를 하기로 했다. 며칠 전에 했던 스티커 붙이기 행사도 이를 위한 것이었다. 그 결과 찬성이 더 많았고 학생회 내부에서도 오락가락하던 의견들이 정리되었다.

"일단 내가 커플 축제 계획서를 써 봤어. 차차 필요한 것들 보완해서 완성하면 될 것 같아. 제일 먼저 해야 할 일은 홍보 포스터를 만드는 거야. 오늘 오후에 남아서 아이디어 회의 하자."

진희 선배가 계획서를 임원들에게 보여 주며 말했다. 그나저나 오늘 오후라면 난 남을 수 없다. 가방에 넣어 온 사복으로 갈아입고 바로 방송국에 가야 하니까. 회의 시간 내내 틈을 노리다가 예비 종이 울리고 모두들 교실로 향할 때 진희 선배에게 다가갔다.

"선배, 저 오늘 중요한 일이 있어서요."

"뭔데? 포스터 만드는 일은 원래 홍보부장이랑 차장 책임이야. 그런데도 다 함께 도와서 하자는 건데 책임자가 빠지면 어떡해?"

진희 선배가 한 톨도 틀리지 않은 말을 톡톡 뱉어 내며 나를 쳐다봤다. 나는 최대한 간절한 표정을 지으며 말했다.

"오늘 오션 공개 방송 가려고요. 처음 가는 거예요. 꼭 가야 해요."

말을 하다 보니 괜히 울컥했다. 그래, 맞아. 목숨을 걸고라도 가야 해. 비굴하다 싶을 정도로 자세를 낮추고 진희 선배의 표정을 살폈다. 선배의 단호한 일자 입술이 슬며시 느슨해지더니 작게 숨을 내쉬었다. 이런 반응이라면 쉽게 풀릴 것 같은 예감이 든다. 진희 선배가 나를 바라보며 물었다.

"아직도야?"

나는 세상에서 가장 불쌍한 오리인 양 고개를 끄덕였다. 그러면서 속으로 외쳤다. 선배, 새우젓 이야기는 하지 마!

"네 맘 이해 못 하는 거 아냐. 하지만 결국 남는 건……."

진희 선배는 여기까지 이야기하고 나를 바라봤다. 나는 더욱 불쌍한 표정을 지었다.

"알았어. 하지만 오늘만이야. 다음엔 안 돼."

나는 고개를 조아리며 '감사합니다'를 연발했다. 오늘은 다행히 넘겼지만 아무래도 학생회 활동이 족쇄가 될 것 같은 느낌이 들었다. 솔직히 나는 커플 축제가 마음에 들지 않는다. 현이 같은 애가 있다면 달랐겠지만, 학교 아이들과 커플이 되는 것엔 별 관심이 없었다. 과반수의 학생이 찬성했기 때문에 따르고 있지만 나의 개인적인 의견은 '꼭 할 필요가 있을까?' 쪽에 가까웠다.

수업이 끝난 후 사복으로 갈아입고 방송국으로 향했다. 방송국 근처까지는 혼자 가지만 그곳에 가면 친구들이 기다리고 있을 것이다. 사실은 다 처음 보는 친구들이다. SNS 메시지로 알게 된 아이들인데 모두 나 같은 중학생이었다. 아무래도 혼자보다 함께 가는 게 정보도 얻고 실수도 하지 않을 것 같아서 모이기로 했다. 서먹할까 봐 걱정이 되었지만 우리에게는 '오리'라는 강력한 끈이 있으니까.

방송국 인근 지하철역에 도착해서 밖으로 나가자 만나기로 한 편의점이 보였다. 그리고 그 앞에 서 있는 두 아이가 눈에 들어왔다. 아무래도 느낌이 오리였다. 나는 한달음에 합류했고 우리는 닉네임을 확인한 후 얼마 지나지 않아 오랫동안 알고 지내던 친구들처럼 수다를 떨기 시작했다. 처음 만난 사이라도 오션 이야기를 시작하면 오래전부터 알고 있었던 사람들같이 느껴진다. 오션이 얼마나 멋있는지 이렇게 구체적으로 대화를 나눌 수 있는 상대는 몇 없다. 가슴 한쪽이 뻥 뚫린 듯한 해방감이 느껴졌다.

방송국 밖에서 한참을 대기한 후에야 안으로 들어갈 수 있었다. 공연장 안으로 들어가는데 심장이 쿵, 쿵, 쿵, 쿵, 뛰기 시작했다. 그동안 오션의 실물을 보는 것이 소원이었다. 어떻게 생겼는지가 궁금한 건 아니다. 뭐라고 말해야 할지 모르겠지만 오랫동안 화면과 사진으로 어떤 사람을 좋아하다 보면 조금 이상한 감정이 생기는 것 같다. 내가 오랫동안 좋아한 저 사람이 실제 존재하는 게 맞을까, 라는 의문. 그런 생각을 할 때면 누구보다 가깝게 느껴지던 현이가 너무 멀게만 느껴진다. 이 느낌을 받을 때마다 나를 둘러싸고 있는 세상의 한 귀퉁이가 무너지는 것처럼 두렵다. 그래서 실물을 확인하고 싶은 것이다. 진짜로 세상에 있는 존재! 한 공간에서 같은 공기를 호흡하며 살아 있는 존재라는 것을!

너무 흥분한 상태여서 그런 건지 하늘 끝까지 날아오를 만큼 신이 나 자꾸만 감정이 격해졌다. 나는 여러 번 침을 삼키며 건드리기만 하면 울 것 같은 심정으로 서 있었다. 잠시 후 오션이 입장한다는 멘트가 들렸다. 관중석에서 환호가 터져 나오고 바로 뒷자리에서 날카로운 비명 소리가 쏟아졌다. 그 소리가 기대감으로 부풀어 있던 내 심장을 팡 터뜨렸다. 나도 함께 소리 지르기 시작했다.

"이서영!"
골목 안쪽에서 갑자기 나타난 엄마를 보고 깜짝 놀랐다.
"지금 몇 시야?"
엄마가 연거푸 날카롭게 물었다.
"미안, 미안, 늦어졌어."
세 시간 전부터 엄마 전화를 받지 않았다. 그러면 안 되는 것을 알지만 어쩔 수 없었다. 받을 수 있는 상황이 아니었다.
"전원이 꺼져서……."
거짓말을 둘러댔다. 그러나 엄마는 내 말이 들리지 않는 모양이었다. 내가 오기만 하면 쏟아 내려고 쟁여 놓았던 말을 퍼부었다.
"엄마한테 연락은 했어야지. 중학생이 열두 시가 넘은 시각에 온다는 게 말이 돼? 실종 신고 할 뻔했잖아. 그리고 집에 오지도 않은 애가 그 옷은 어떻게 된 거야?"
엄마가 난감한 얼굴로 내 옷차림을 훑어봤다. 교복을 입고 나간 애가 사복을 입고 돌아왔으니 이상하긴 할 거다.

"아침에 사복 싸 가지고 나갔어."

"어디 갔다 온 건데?"

"지난번에 얘기했잖아."

"그러니까 어디?"

"공개 방송 갔다 온다고 했잖아."

엄마 얼굴에 아, 하는 표정이 떠올랐다가 사라졌다. 그제야 기억해 낸 것 같았다. 며칠 전 내가 공개 방송에 당첨된 소식을 기쁨에 가득 찬 얼굴로 전했건만 엄마는 심드렁한 반응이었다. 무슨 말인지 알아듣지도 못한 얼굴이었다. 공방 간다 하니 도에 공방 견학이라도 가는 줄 알았던 모양이다. 하지만 엄마의 기억력을 탓하기 보다는 그걸 실행으로 옮긴 나를 탓하는 기색이었다. 나도 슬슬 짜증이 나기 시작했다. 얘기할 때는 흘려듣고 왜 나를 탓하는지. 역시 엄마랑은 말이 안 통한다. 이야기해 봤자 나만 피곤할 뿐이다. 아, 귀찮아. 오늘 같은 날은 제발 날 좀 내버려 둬!

"쓸데없이 그런 데를 뭐 하러 가?"

나는 입술을 한번 깨물고 엄마의 눈빛을 외면했다. 더 이상 들을 가치가 없다. 쓸데없다니. 내가 보기에 진짜로 쓸데없는 건 엄마의 잔소리다. 내가 공개 방송에 얼마나 가고 싶어 했는지를 알면 저런 소리를 못 할 텐데.

나는 엄마의 존재를 무시하고 집으로 향했다. 뒤에서 엄마가 소리 지르는 것이 들렸지만 못 들은 척했다. 왜 길거리에서 소리를 지르는 거야? 정말 교양이라곤 눈곱만큼도 없다.

엄청난 피곤이 몰려온다. 빨리 눈을 감고 싶다. 오늘의 기분을 그대로 간직한 채 잠들고 싶다. 내가 달아날 곳은 그곳뿐이니까. 대충 씻고 가방에서 꾸깃꾸깃해진 교복을 꺼내 옷걸이에 걸었다. 엄마는 방 바깥에서 몇 번이고 잔소리를 퍼부었지만 방으로 들어오지는 않았다. 이러든 저러든 상관없다. 딸을 저렇게 대하는 사람은 나도 상대하기 싫다.

자리에 반듯이 누워서 몇 시간 전의 순간으로 되돌아가려고 애썼다. 눈을 감으면 무엇이 현실이고 무엇이 꿈인지는 중요하지 않다. 나는 내가 있고 싶은 곳에 가고 싶을 뿐이다.

현이의 무대 위 모습이 떠올랐다. 밝은 표정으로 노래하고 춤추던 모습을 생각하니 실실 웃음이 난다. 무대 바로 앞은 아니었지만 그래도 오션의 얼굴이 하나하나 다 보이고 무대 위에서 스텝 밟는 소리까지 생생하게 들렸다. 사전 녹화다 보니 달랑 노래 한 곡을 몇 번 부르고 끝났지만 그래도 만족이다. 무엇보다, 눈도 마주쳤다. 현이가 내 쪽을 바라본 것이다. 얼굴에 웃음을 가득 담고. 이 세상에 나처럼 행복한 사람이 있을까? 내 생애 최고의 순간은 바로 오늘이다!

어둠이 눈에 익숙해지면서 어둑한 벽과 낮은 창이 눈에 들어온다. 나는 눈을 질끈 감고 빨리 이어폰을 귀에 꽂았다. 오션의 노랫소리가 나의 꿈속에 가득 퍼진다. 그런데 갑자기 눈가가 찌릿찌릿

하더니 순식간에 눈물이 차올랐다. 너무 좋은 날인데 슬펐다. 그리고 분명하게 느꼈다. 이 눈물이 기쁨의 눈물이 아니라는 것을. 여전히 혼란스러웠다. 이렇게 좋은 날에 왜 슬픈 건지 알 수 없었다. 그냥 자꾸 눈물이 났다. 왜 이렇게 가슴이 아린 걸까?

다음 날 눈이 퉁퉁 부은 나를 보고 혜민이는 웃음을 참지 못했다.

"왜? 너무 행복해서 잠을 못 잤냐?"

나는 아무 말 않고 고개만 끄덕였다. 기분 탓인지 혜민이의 말이 비꼬는 것처럼 들렸다. 오늘은 정말 학교에 오고 싶지 않았다. 머리가 아프고 무거운 데다가 기분도 우울했다. 그래서 그런지 화장도 들떴다. 퉁퉁 부은 눈두덩을 숨겨 보려고 짙게 아이섀도를 칠했더니 눈가가 더 도드라지면서 흉해졌다.

중학교에 올라오면서 얼굴에 여드름이 생기고 피부에 기름기가 껴서 항상 번들거렸다. 마음 같아서는 다른 친구들처럼 피부과에 다니면서 여드름 치료를 받고 싶지만 우리 집 형편에 말도 꺼내기 어려웠다. 예전 같으면 모르지만 지금은 어림도 없다. 아빠가 작년에 회사를 그만둔 후로 나는 다니던 학원을 끊었고 대학생인 언니는 아르바이트를 두 개나 시작했다. 결국 지난겨울에 집을 줄여서 이사까지 해야 했다.

나는 거울을 꺼내 다시 눈두덩을 보았다. 아침보다는 나아졌지만 아직 붓기가 남아 있다. 거울을 가방에 집어넣는데 누군가의 시선이 느껴졌다. 그쪽을 쳐다보니 충효가 눈에 들어왔다. 내가 돌아

보는 순간 충효가 고개를 돌렸기 때문에 옆자리에 앉아 있는 다진이와 눈이 마주쳤다. 다진이가 막 아는 척을 하려는데 이번엔 내가 얼굴을 돌려 버렸다. 이런 꼴로 저 애와 인사하기 싫었다.

　얼마 전에 전학 온 다진이를 나는 예전부터 알고 있었다. 작년에 같은 학원에 다녔는데 얼굴이 하얗고 머리 색이 밝아서 그런지 눈에 금방 띄었다. 그런데 왜 전학을 왔을까? 대개는 근처 학교로는 전학을 가지 않는다. 가까운 곳으로 가는 경우는 보통 강제 전학이다. 하지만 그 애가 강제 전학을 왔다는 소문은 듣지 못했다. 게다가 다진이는 강제 전학과는 어울리지 않는다. 얌전하고 모범적이어서 절대 사고따위는 치지 않을 것 같았기 때문이다. 혹시 예전 학교에서 무슨 일이라도 있었던 걸까.

　어제 나는 바람대로 현이와 눈이 마주쳤다. 분명히 현이는 나를 봤고 나도 현이를 봤다. 하지만 진짜로 나를 봤다고 할 수 있을까? 사람들은 내가 이런 고민을 하지 않는다고 생각할지도 모르지만 그건 오산이다. 나도 이런 고민을 한다. 진희 선배가 했던 말이 떠올랐다. 필현이가 본 것은 새우젓이었을 것이다. 새우젓. 스타를 좋아하는 팬들이 자신들을 자조적으로 부르는 말. 우르르 모여 있어 눈알만 겨우 보이고 하나하나 구분이 안 되는, 특징 없는 존재. 많고 많은 팬들 중의 하나. 아니, '하나'라는 단어조차도 채우지 못하는 점 같은 존재. 내게는 오션뿐이지만 오션은 나를 모른다. 내 세계는 오션으로 가득 찼지만 나는 오션의 세계에 점 하나 찍지 못한다. 아마도 영원히. 이런 생각을 하자 나 자신이 새우젓처럼 하찮고 볼품없게 느껴졌다.

그날 이후로 환상 속 풍경이 변했다. 정말 이상한 일이었다. 여느 때처럼 잠들기 전 눈을 감고 현이를 간절히 불렀다. 하지만 현이는 그날 이후 대답하지 않았다. 잠을 청하려고 눈을 감으면 늘 나타났고 다정한 말을 건네주었는데 이제는 공개 방송에서 봤던 모습만 파편처럼 떠오르다 사라질 뿐이었다. 나와 눈이 마주쳤던 순간, 아니 내가 눈이 마주쳤다고 생각하는 순간의 모습 그대로 정지된 채 그는 아무 말도 하지 않았다.

지난번에 진희 선배가 한 말이 떠올랐다. 그 말을 들을 당시에는 가볍게 무시했는데 어느 순간부터 가슴을 무겁게 짓누른다.

"너희는 새우젓일 뿐이야. 나중에 자신이 새우젓인 줄 알면 얼마나 허망한 줄 아니? 어휴, 너 같은 애들이 더 문제라니까. 아무 생각 없이 물불 안 가리고 빠져드는 스타일이거든. 너무 마음 주지 마. 그냥 네가 즐길 수 있을 때까지만 가는 거야. 너는 그저 ATM일 뿐이라고. 영혼이 있는 불쌍한 ATM."

진희 선배의 말을 떠올릴 때마다 힘이 쭉 빠지고 가슴속에 서늘한 바람이 불어오면서 내 마음은 황량한 벌판으로 변한다. 맞아, 나는 새우젓일 뿐이고, 한심한 '덕후'일 뿐이지……. 그래도 나는 여기서 멈출 수 없다. 나에게는 이 길밖에 보이지 않으니까. 가는 길이 동굴처럼 컴컴하다 해도 코앞에 까마득한 낭떠러지가 있다

해도 나는 멈출 수 없다.

요즘은 혜민이랑 오션 이야기를 하는 것도 시들해졌다. 예전처럼 공감이 잘 되지 않았다. 전에는 알지 못했던 미묘한 온도 차가 느껴졌다. 혜민이가 루이가 예쁘게 나온 사진을 보면서 좋아하고 스트리밍 돌리느라 바쁘다고 죽는소리를 하는 것이 이제는 우스워 보였다. 어린애들이나 하는 일처럼 보였다.

나는 이제 오션 생각을 하면 가슴 한쪽이 꽉 막힌 것 같고 숨쉬기가 힘들어진다. 그래서 가끔씩 숨을 크게 내쉬는 버릇까지 생겼다. 게다가 몸살 기운이 있는 것처럼 으슬으슬하고 머리가 아팠다. 그런 증세가 며칠째 계속되자 밥맛도 없어지고 오늘 아침에는 집 근처 계단에서 발을 헛디디기까지 했다. 이런 내가 싫었다. 정말 바보 같아 보였으니까.

며칠 후, 팬 카페에 사인회 공지가 떴다. 공지를 발견한 순간, 나는 누군가가 커다란 북채를 휘둘러 내 가슴을 쿵, 하고 때린 것 같은 기분에 빠졌다. 가만히 앉아 진동이 가라앉길 기다리며 마음속 바람이 선명해지는 걸 느꼈다. 아, 가고 싶다. 팬 사인회에 가면 오션과 직접 이야기를 나눌 수 있다. 가까이서 보고 이야기를 나눌 수 있다면 내 머릿속에 정지 상태로 멈추어 있는 필현이가 다시 움직일지도 모른다. 어쩌면 이 몸살에서 헤어날 수 있을지 모른다. 사인회에 간다면 내가 수많은 새우젓 중 하나가 아니라 특별한 존재가 될 수 있을 것만 같았다. 운명이 나에게 계시를 내리는 것처럼 느껴졌다. 저기에 꼭 가자. 무슨 일이 있더라도 꼭. 하지만 그러려면 돈이 필요한데. 그것도 아주 많이……

"뭐에다 쓰게?"

주말 저녁 아르바이트를 가려고 준비하던 언니가 수상하다는 듯이 눈을 가늘게 떴다. 미리 마련해 둔 답변이 있었지만 입에서 바로 나오지 않았다. 내가 머뭇거리자 언니가 다시 캐물었다.

"그 큰돈이 갑자기 왜 필요해?"

이런저런 거짓말을 떠올려 봤지만 언니의 살벌한 촉은 당해낼 수 없으리라 생각했다. 그렇다고 솔직하게 아이돌 앨범 수십 장을, 그것도 똑같은 걸로 사겠다고 하면 절대 부탁을 들어주지 않을 것이다. 그럴싸한 핑계가 필요했다.

"오션 콘서트 하는데 친구랑 가려고."

"콘서트 티켓이 이십만 원이나 해?"

역시, 언니가 티켓 값을 모를 리 없다. 그다음으로 준비했던 거짓말을 댔다.

"친구가 용돈을 아직 못 모았는데 결제를 먼저 해야 해서 내가 한꺼번에 하기로 했어. 곧 줄 거야."

나는 이렇게 말하고 언니 눈치를 살폈다. 언니, 거짓말해서 미안. 이 돈은 내가 아르바이트를 해서라도 갚을게.

"친구 누구?"

"혜민이……."

"걔도 오션 팬이야?"

"응."

"참 나, 오션이 뭐가 그렇게 좋다고 십 만원씩이나 내고 콘서트를 가?"

언니가 중얼거렸다. 다른 때 같으면 오션을 뭘로 보냐고 발끈했겠지만 이번에는 가만히 있었다. 지금 이 순간 언니의 비위를 거스르면 안 된다.

"나, 이십만 원 없어."

언니는 바쁘다는 듯이 가방을 메며 말했다. 역시 내 인생에 도움이 안 된다고 생각하는데 언니가 다시 말을 이었다.

"걔 건 걔가 알아서 하라고 해. 네 거 십만 원은 빌려줄게. 근데 엄마한테 허락은 받았어?"

나는 언니의 동생으로 태어난 이래 가장 순하고 착한 동생이 되어 언니를 바라보았다. 그리고 간절히 부탁했다. 아직 허락을 받지는 못했지만 반드시 받을 거라고. 또 언니가 돈을 빌려주었다는 사실은 비밀에 부쳐 달라고. 언니는 책상 서랍을 열고 비상금 지갑에서 만 원짜리 지폐 열 장을 꺼내서 내게 건넸다.

언니가 준 십만 원에 내가 그동안 필사적으로 모았던 비상금을 합쳤다. 그러나 아무리 세어 봐도 23만 3900원밖에 되지 않았다.

앨범을 적어도 서른 장은 사야 팬 사인회에 갈 수 있다던데, 터무니없이 부족했다. 나머지 돈은 어디서 구해야 할지 막막하다. 팬 사인회에 갈 수 있는 기회는 추첨으로 주어진다. 그런데 앨범을 산 사람만이 추첨에 참여할 수 있고 여러 번 참여할수록 가능성이 높아진다. 그러니까 이번에 나온 오션의 새 앨범을 많이 구입한 팬만이 사인회에 갈 수 있는 자격을 갖추는 것이다. 다행히 오션이 최고 인기 아이돌은 아니기 때문에 서른 장 정도면 가능할 것이라는 이야기가 돌았다.

추첨일이 하루하루 다가오는데 돈을 구할 수 있는 방법은 없었다. 엄마와는 찬바람이 쌩쌩 부는 관계인지라 입이 떨어지지 않았고, 아빠한테 조용히 돈이 필요하다고 이야기했지만 아빠는 딴청만 피우면서 엄마한테 말해 보라고 했다. 그 순간만큼은 아빠가 너무 미웠다.

인터넷에서 아르바이트를 검색했다. 중학생들이 할 수 있는 아르바이트는 전단지 돌리는 것 정도. 하지만 시급이 낮아 만 원 벌기도 어려워 보였다. 무엇보다 한 번도 해 보지 않아 엄두가 나지 않았다. 고등학생이라고 속이고 서빙을 해 볼까 생각도 했지만 그것도 역시 만만치 않았다. 거울 속 나는 아무리 봐도 고등학생 언니들 같지 않았기 때문이다. 마지막으로 겨우 생각해 낸 것이 카드를 훔치는 거였다.

기회를 노려 엄마 카드를 슬쩍한다. 바로 매장으로 달려가 오션 앨범을 사 온다. 그리고 카드를 본 적이 없다고 잡아뗀다. 요즘 엄마는 건망증 탓인지 카드를 여러 번 분실했다. 마트에 떨어뜨리기도 하고 은행에 두고 오기도 했다. 다행히 매번 찾긴 했지만 엄마는 건망증이 심해졌다며 혀를 끌끌 찼다. 내가 끝까지 시치미를 떼면 대충 넘어갈 수 있을 것 같았다. 물론 나쁜 짓이지만 다른 방법은 떠오르지 않았다.

마감 하루 전 토요일, 나는 초조해서 온몸이 닳아 버리는 것 같았다. 엄마가 화장실에 들어간 사이 안방에 있는 엄마의 지갑을 뒤졌다. 그러고는 카드를 꺼내 바로 집을 나왔다. 엄마가 카드를 쓰려고 찾기 전에 앨범을 사야 한다. 내가 사기 전에 엄마가 분실 신고를 해 버리면 모든 게 끝장이다. 매장으로 가는 40분 동안 얼마나 불안한지 이루 말할 수 없었다.

마침내 매장에 도착해 앨범을 주문하고 언니가 빌려준 돈과 내가 모은 돈, 그리고 카드를 내밀었다. 점원이 계산대에서 카드를 긁는데 온몸의 신경이 머리끝으로 곤두서는 것 같았다. 혹시나 매장 점원이 "분실 신고로 정지된 카드인데요."라고 말하면 어떡하나. 가슴이 콩닥거리고 손바닥에는 식은땀이 찼다. 매장 내의 모든 소음이 사라지고 내 심장이 뛰는 소리만 크게 울렸다. 그때 점원이 카드를 내밀면서 말했다.

"결제되었습니다."

그러고는 잠깐 기다리라더니 쇼핑백에 서른한 장의 오션 앨범을 담아 건넸다. 후유, 해냈다. 결제가 된 걸 보니 엄마는 카드가 사라진 걸 아직 모르는 눈치였다. 서른한 장의 앨범은 무척 무거웠다. 나는 묵직한 쇼핑백에 끌려가다시피 하면서 지하철을 탔다. 마지막 순간 서른 장을 살지 서른한 장을 살지 고민하다 하나를 더 사는 쪽을 선택했다. 딱 한 장만큼이라도 추첨 가능성을 높이고 싶었다. 이렇게 돈을 많이 썼는데 당첨이 안 되면 어떡하나 하는 걱정과 꼭 이렇게까지 해야만 하나 하는 자책이 뒤엉켰지만 계산대 앞에서는 자연스레 서른한 장을 말하고 말았다.

무거운 마음으로 집에 가는데 새로운 걱정이 생겼다. 앨범을 평소처럼 하나만 샀더라면 오는 길에 앨범을 열어 그 속에 있는 포토 카드랑 가사집, 사진집을 보며 행복해했을 것이다. 그러나 그 서른 배만큼을 들고 가다 보니 앨범을 뜯어볼 수가 없었다. 어차피 서른한 장의 포토 카드와 가사집과 사진집이 모두 내 것인데 온전히 즐길 수가 없다니……. 그러다가 아직 해결할 문제가 남아 있다는 것을 깨달았다. 이걸 들고 집으로 들어갈 수 없다는 사실. 도둑이 훔친 물건을 들고 주인에게 돌아가는 것이나 마찬가지다.

혜민이한테 맡길까? 아니야, 혜민이가 알면 난리 날 거야. 너만 팬 사인회 가느냐고 어쩌고 하면서. 나는 지금 혜민이와는 질적으로 다른 차원의 오리인데 그 애와 고민을 나눌 수는 없다. 그럼 어떻게 해야 하나? 뭔가 방법이 없을까? 하나만 가져가고 나머진 버릴까? 아, 그건 아니다. 오션의 피, 땀, 눈물이 담긴 앨범들을 함부로 버릴 수는 없다.

집 근처 역에 내릴 때까지 고민이 해결되지 않았다. 왜 집 밖에는 나만의 장소가 없는 걸까? 내 처지가 원망스러웠다. 아무래도 마당 어딘가에 살짝 숨겼다가 식구들이 없을 때 내 방으로 옮기는 방법밖에는 없을 것 같았다. 하지만 조막만 한 마당에 어디 숨길 구석이라도 있나? 정말 속상하다. 좋아하는 사람 한번 만나기가 이렇게 힘들구나. 산 너머 산, 물 건너 물.

집으로 가지 못하고 동네 놀이터 입구에 서서 망설이는데 익숙한 실루엣이 눈에 들어왔다. 충효였다. 토요일인데도 학원에 갔다가 돌아오는 길인 모양이었다. 나를 발견한 충효는 잠시 멈칫하더니 이내 못 본 척하고 가던 길을 갔다.

"충, 충효야."

나도 모르게 충효의 이름을 소리 내어 불렀다. 교실에서는 잘 부르지 않는 이름인데 교실 밖이라 그런 건지 자연스럽게 흘러나왔다. 무척 긴장하고 초조한 상태로 마주친 낯익은 존재에게 본능적으로 아는 척을 한 것도 있었다. 하지만 그 애는 듣지 못한 것 같았다. 조그맣게 중얼거린 거니까 그 애가 서 있는 곳까지 들리지 않은 것이 분명했다. 나는 평소에 아는 척하지 않았던 친구를 냉큼 부른 것이 왠지 민망해서 얼른 딴 데를 쳐다보았다. 마치 그 애를 못 본 것처럼. 그런데 잠시 후 조심스러운 목소리가 들렸다.

"들어 줄까?"

충효는 가던 걸음을 멈추고 내가 있는 쪽을 향해 몸을 돌린 채
서 있었다. 그러고는 내가 뭐라고 대답하기 전에 성큼성큼 다가오
더니 쇼핑백을 가져가 앞서 걷기 시작했다. 덩치가 큰 충효가 드니
까 쇼핑백이 순식간에 작아 보였다. 나는 멍한 상태로 엄마 오리를
따라가는 새끼 오리처럼 충효의 뒤를 졸졸 따라갔다. 어디로 가는
거지? 하고 생각하는데, 그 애가 고개를 돌려 나를 보았다.

"너, 이 근처로 이사 왔지?"

"어, 어떻게 알았어?"

"몇 번 봤어. 나, 이 동네 살잖아."

나는 충효를 본 적이 없는데 충효는 나를 본 모양이었다. 왠지
기분이 이상했다. 오래전 일이 떠올랐다. 초등학생 때 충효네 집에
놀러 간 적이 있었다. 충효의 생일이었는지 엄마가 챙겨 준 선물을
들고 간 기억이 난다. 선물이 뭐였는지는 잊었지만 그날 충효네 집
에서 재미있게 놀았던 기억은 남아 있다. 어딘가에 그때 찍은 사진
이 있을지도 모른다. 그래서 지난겨울 이 동네로 이사 왔을 때 동
네 풍경이 낯설지 않았던 걸까?

앞서가던 충효가 멈추었다. 갈래 길이다. 충효는 어느 쪽으로 가
야 하는지 묻는 눈빛으로 나를 보았다. 그러고 보니 충효네 집은
이미 지나친 것 같았다.

"너희 집 지나온 거 아냐?"

내가 묻자 충효가 약간 놀란 얼굴로 고개를 끄덕였다. 알고 보니

기특한 녀석이다. 우리 집까지 들어다 주려고 했구나. 충효야, 그런데 말이야. 우리 집에 그걸 가지고 가면 안 되거든. 나는 속으로 중얼거리다가 문득 기막힌 생각이 떠올랐다.

"너, 나 좀 도와줄 수 있니?"

충효가 눈을 끔벅거리며 나를 바라보았다.

실패였다. 팬 사인회 당첨 명단에 내 이름은 없었다. 서른한 장으로는 모자랐던 것이다. 더 많은 사랑이, 아니 돈이 필요했다. 나로서는 서른 한 장도 치명적인 희생을 치른 일이었는데……. 물론 일곱 장만 사고도 당첨되었다는 글이 팬 카페에 올라오긴 했다. 그 오리에게는 전생에 나라를 구한 오리라는 찬사가 따라붙었다. 하지만 오십여 장을 샀는데도 당첨되지 못한 경우도 있었다. 그 사람은 얼마나 속상할까? 남들보다 더 많은 돈을 썼는데도 선택받지 못하면 배신감 같은 것이 들지 않을까? 그저 자신의 운만 탓했을까?

한바탕 폭풍우가 지나간 후, 나를 포함해서 선택받지 못한 오리들은 다시 마음을 추슬렀다. 어차피 우리가 택한 길이니까, 우리가 행복하기 위해 들어선 길이니까 받아들이자. 원하지 않는다면 이 대열에서 나가면 된다. 사랑하는 사람을 만나려면 내 사랑을 증명해야 하고, 내 사랑을 증명하려면 앨범을 사야 한다는데 뭐 어쩌겠는가. 다행인지 불행인지 나에게 사랑은 아직 넘칠 만큼 충분했다.

카드를 훔친 날, 집에 들어가자마자 엄마한테 대판 혼났다. 엄마는 카드 사용 메시지를 보고 내가 한 짓이란 것을 단박에 눈치챘다. 그리고 내가 집에 들어갔을 때는 언니와 아빠의 증언에 의해 나의 혐의가 확실해진 상태였다.

나의 죄목은 여러 가지였다. 카드를 훔친 죄, 언니한테 거짓말한 죄, 엄마한테 자신의 계획을 알리지 않은 죄, 아무 짓도 안 한척 잡아떼려고 한 죄…….

엄마는 온갖 단어를 동원해 나의 죄를 낱낱이 까발리고 앞으로는 절대 용서하지 않겠다고 엄포를 놓았다. 한참 그렇게 잔소리를 하더니 엄마는 한마디 덧붙였다.

"그거 하나 못 해 주겠니?"

이건 정말 진심이었던 것 같다. 단호하던 목소리가 흔들리고 있었으니까. 그 말에 나는 고개를 떨어뜨릴 수밖에 없었다.

그 후로도 필현과 오션은 내 눈꺼풀 속에 나타나지 않았다. 가끔 낮에 본 영상이나 사진이 떠오를 때가 있었지만 금방 사라졌다. 목소리는 아예 자취를 감추었다. 아쉬웠지만 그래도 조금 편안해지기는 했다. 지독한 열병을 앓고 막 깨어난 듯한 기분이었다. 힘든 사랑을 겪은 오리는 더 성숙한 오리가 되는 건가.

며칠 후 충효로부터 서른한 장의 앨범을 돌려받았다. 고맙게도 우리 집 근처까지 쇼핑백을 배달해 주었다. 나는 쇼핑백을 방에 던져 둔 채 충효를 데리고 동네에 새로 생긴 편의점으로 향했다. 뭐라도 고마움을 표현하고 싶었다.

"뭐 먹을래?"

"나 지금 돈 없는데."

충효가 호주머니를 만지작거리며 말했다.

"내가 사 주는 거야."

"좋아."

충효가 슬쩍 미소를 지으며 편의점 문을 밀고 들어갔다. 그 애와 나는 컵라면과 음료수를 골랐다. 편의점 앞 파라솔에 앉아 캔을 땄다. 시원하고 달달한 음료가 목구멍을 타고 흘렀다.

"네가 사 주니까 더 맛있다."

충효가 이렇게 말하더니 머쓱한지 살짝 웃었다. 그때 나는 발견했다. 익숙한 그것. 그래, 너한테 보조개가 있었지. 아주 오래전에 봤던 보조개가 모습을 잃지 않고 나를 향해 미소 지었다.

3장

"너, 혹시 쌍둥이니?"

눈을 동그랗게 뜨고 물은 애는 정다진이었다. 지난주에 우리 반에 새로 전학 온 아이인데, 학원 강의실에서 만나게 될 줄은 몰랐다.

'근데 왜 나한테 쌍둥이냐고 묻는 거지?'

어리둥절해진 내가 대답을 못 하자 정다진은 교재 두 권을 내 책상 위에 놓고 강의실 앞줄에 가서 앉았다. 그제야 엄마가 아까 전화할 때 학원 데스크에서 교재를 받아 가라고 했던 것이 기억났다. 처음 온 학원이라 긴장한 탓인지 깜빡 잊고 있었다. 아마 데스크 선생님이 정다진보고 내게 가져다주라고 한 모양이다. 휴대폰 너머에서 들려오던 엄마 목소리가 그네를 타는 것처럼 출렁거렸다.

"승호야, 니 시험 붙었다고 학원에서 연락 왔다 아이가. 봐라, 열심히 하니까 되제."

쳇, 열심히 하기는 무슨. 엄마 목소리가 높아질수록 내 기분은 바닥으로 추락했다. 엄마는 성적이 오르려면 '수준 높은 학원'을 다녀야 한다고 노래를 불렀다. 엄마가 말하는 수준 높은 학원은 입학시험에 합격해야 들어갈 수 있는 학원이었다. 다시 말해 공부 잘하는 아이들만 받는 학원을 뜻했다. 물론 나는 입학시험에서 떨어졌다.

"무신 놈의 학원이 돈 내고 다닌다는데 못 다니게 하노. 소비자 단체에 확 고발해 삘까 마."

엄마는 불만을 토했지만 고발은커녕 붉은 천을 향해 돌진하는 황소처럼 포기하지 않았다. 오히려 나를 그곳에 반드시 보내겠다는 의지로 활활 타올랐다. 덕분에 나는 낯선 동네에 있는 이 학원에 와서 세 번이나 입학시험을 봤다. 두 번 떨어진 후 세 번째에 겨우 붙었다는 이야기다.

두 번째 떨어졌을 때 엄마는 과외 공부까지 시켰다. 나는 이 학원에 다녀야만 과외 공부를 그만둘 수 있는 처지가 되었다. 그래서 이번에는 수단 방법을 가리지 않고 붙어야만 했다. 어휴, 내 신세야.

전화 건너편의 엄마는 이런저런 당부 끝에 한마디 덧붙였다.

"어제 맞춘 안경 나왔다고 연락 와쓰이 찾아가그라. 학원 가서 칠판 안 보이면 안 되제. 쌤 말씀 잘 듣고…….”

아무래도 학원에 맞게 아들을 업데이트하려는 것 같았다. 나는 엄마 말대로 학원에 오기 전에 안경점에 들러 안경을 찾았다. 안경을 쓰고 걸으니 길바닥이 솟은 것처럼 보여서 바닥을 자꾸 헛디뎠다. 학원에 도착했을 즈음에는 머리가 어질어질했지만 강의실 칠판에 쓰여 있는 글씨는 또렷하게 잘 보였다.

앞쪽에 앉은 정다진이 내 쪽을 힐끔 돌아보았다. 여기서 공부하는 걸 보니 수학을 잘하는 모양이다. 하긴 공부 잘하는 애 같긴 했다. 그런데 의문이 담긴 저 시선은 뭘까. 아까 했던 뜬금없는 질문도 그렇고, 나에게 무슨 할 말이 있는 건가?

나는 정다진의 시선을 의식하지 않는 척하면서 검지를 슬쩍 올려 안경을 고쳐 썼다. 이러면 조금 더 괜찮은 애로 보일 것 같았다. 아까 안경점 아저씨도 내가 안경을 쓰니 사람이 확 달라 보인다며 추어올렸다. 뭐라더라, 수재로 보인다나? 좀 어이없다고 생각하며 교재를 펼치는데, 교재에 엉뚱한 이름이 쓰여 있는 게 아닌가.

오진중학교 이성호

나는 조그맣게 한숨을 쉬었다. 엄마의 사투리 발음 때문에 내 이름은 늘 수난을 당했다. 엄마는 유난히 ‘승’ 발음에 약했다. 사람들은 ‘승호’를 자꾸만 ‘성호’라고 들었다. 엄마는 분명히 ‘승’이라고 발음했는데 상대방은 '성'이라고 알아듣는 것이다. 성격이 급한데다 늘 바쁜 엄마는 상대방이 자신의 발음을 제대로 알아들었는지 확인할 정신이 없다. 게다가 전화로 이야기하면 틀릴 확률은 더 커진다.

'어휴, 이럴 바에야 아예 '성호'라고 짓지. 그럼 엄마도 발음하기 편할 거 아냐. '성'이 아니라 '승'이라고 설명하려 애쓰지 않아도 되고.'

속으로 투덜거리며 다시 교재를 펼치다가 정다진이 쌍둥이냐고 물은 이유를 깨달았다. 교재에 쓰여 있는 이름이 내 이름과 달라서 그렇게 생각한 것이다. 게다가 안경까지 썼으니 비슷하게 생긴 다른 애인 줄 알았나 보다. 그러니 쌍둥이냐고 물은 거고. 역시 나의 추리 실력은 쓸 만하다. 엄마는 나의 날카로운 추리력을 잔머리라고 이야기하지만 솔직히 이런 능력이라도 있는 게 얼마나 다행인가? 없는 것보다야 낫지.

"성호야! 오늘 처음 왔지?"

비쩍 마르고 금테 안경을 쓴 선생님이 강의실에 들어와 아는 척을 했다. 그러자 다른 아이들이 모두 나를 쳐다보았다. 성호? 그게 아닌데……. 하지만 지금은 이름을 잘못 불렀다고 딴지를 걸 상황은 아닌 것 같아서 그냥 고개를 끄덕였다.

"그래, 우리 열심히 공부해 보자."

학원 선생님들이 수시로 날리는 습관적인 발언이지만, 그래도 힘들게 입학시험을 치르고 들어온 학원에서 듣는 소리라 조금 다르게 느껴졌다. 나는 다시 한번 고개를 끄덕였다.

수업 시간 내내 아이들은 모두 칠판에 눈을 고정하고 집중했다. 선생님이 문제를 풀라고 하자 장난치는 아이 하나 없이 연필 소리만 강의실을 채웠다. 역시 나와는 안 맞는 학원이었다.

수업이 끝나고 학원 문을 나서는 순간 엄청난 피로가 느껴졌다. 두 시간 동안 쉬지 않고 달린 기분이었다. 쪽지 시험을 볼 때는 어찌나 초조했는지 손톱까지 물어뜯었다. 게다가 안경까지 익숙하지 않아서 머리가 지끈지끈 아팠다. 나는 안경을 벗어 손으로 눈을 비비고 고개를 들어 멀리 하늘을 바라보았다. 하늘 저편이 붉게 물든 걸 보니 갑자기 배가 고파졌다. 집에 도착할 때쯤이면 엄마도 퇴근하려나? 엄마에게 문자를 보냈다.

> 학원 끝남. 체력 급소진. 오늘은 쫄깃쫄깃한 삼겹살이 먹고 싶다아아아!

금방 답장이 왔다.

> 울 아들 고생했어! 삼겹살 쏜다!

히힛. 나는 만족스러운 기분으로 버스 정류장을 향해 걸었다. 학원 셔틀버스가 우리 집 방향으로는 가지 않아서 일반 버스를 타야 하는데 오히려 다행스럽게 느껴졌다. 학원 아이들과 잠시라도 더 같이 있다가는 숨이 막혀 죽을 것 같았다. 일반 버스를 타고 여유 있게 바깥 풍경을 구경하면서 가고 싶었다.

그런데 익숙한 실루엣이 정류장으로 다가오는 것이 보였다. 나는 급히 안경을 썼다. 예상대로 그 애는 정다진이었다. 쟤도 여기서 버스를 타나? 정다진도 나를 알아봤는지 잠깐 내 쪽을 힐끗하더니 휴대폰을 보는 척했다. 나를 아직도 쌍둥이라고 생각하는 건가? 나는 아는 척하기도 뭐해서 쭈뼛쭈뼛 서 있었다. 괜히 버스가 오는 쪽으로 목을 빼고 기웃거리는데, 정다진이 내 쪽으로 한 걸음 다가왔다.

"너, 쌍둥이니? 우리 반에 이승호란 애가 있거든. 걔랑 신기하게 똑같이 생겼어. 안경 쓴 거만 빼면."

미리 예측은 했지만 막상 물으니 입이 얼어붙었다. 내가 멍하니 있자 정다진이 급히 덧붙였다.

"아니면 미안해. 내가 잘못 봤나 봐."

그렇게 말하면서 뒤로 물러섰다. 나는 마치 돌아서는 사람의 옷깃을 붙잡듯이 다급하게 말했다.

"마, 맞아. 쌍둥이야."

나도 모르게 거짓말을 하고 말았다.

"와, 대박! 진짜 쌍둥이구나."

정다진이 눈을 빛내며 다시 물었다.

"그럼 넌 어느 학교 다녀?"

순간 눈앞이 깜깜했다. 아, 첩첩산중이다. 어느 학교긴 너랑 같은 학교지, 라고 대답하려던 차에 머릿속에서 빛의 속도로 '그건 안 돼!'라는 생각이 울려 퍼졌다. 결국 우리 집에서 가까운 중학교 이름 하나를 댔다. 실제로 우리 동네에서 그 학교도 많이 다닌다.

정다진이 고개를 천천히 끄덕였다. 소리가 들리진 않았지만 그 애의 입술이 '아, 그렇구나.'라고 말하고 있다는 걸 알 수 있었다. 그런데 왜 이렇게 가슴이 떨리지? 정다진의 얼굴을 정면으로 본 건 처음이다. 학교에서는 서로를 제대로 볼 기회가 없었다. 바로 뒤에 앉아 있어도 슬쩍 곁눈질만 했을 뿐이다.

마침 버스가 왔다. 정다진이 먼저 걸음을 옮겼다. 나랑 같은 노선을 타는 모양이다. 우리는 버스에 올라탔다. 사람들이 꽤 많아 버스 앞쪽에 나란히 서야 했다.

정다진은 키가 작은 편이어서 손잡이에 겨우 매달려 있는 것처럼 보였다. 가방 무게 때문에 버스가 덜컹거릴 때마다 이리저리 쏠리는 게 안쓰러웠다. 가방을 대신 들어 주고 싶었지만 동시에 그건 좀 과한 게 아닌가 하는 생각이 들었다. 어색한 분위기 속에 정다진이 다시 물었다.

"그럼 누가 형이고 누가 동생이야?"

헉, 난이도 있는 질문이다. 진실과 거짓말 사이에서 고민도 잠시, 내 혀는 뻔뻔하게 움직였다. 자, 거짓말 기차 나갑니다. 칙칙폭폭. 길을 비켜 주세요.

"내가 형."

그러자 정다진이 그럴 줄 알았다는 표정을 지으며 말했다.

"어쩐지 네가 더 어른스러운 것 같았어. 하긴 형이 뭐라도 다르긴 다르다잖아."

나는 맞장구는 못 치고 고개만 살짝 끄덕였다.

"쌍둥이 중 하나는 학원에서 같은 반, 또 하나는 학교에서 같은 반, 재미있는 우연이다!"

이렇게 말하며 정다진이 해맑게 웃었다. 나도 따라 웃었다. 그런데 기분이 씁쓸했다. 엉겁결에 거짓말을 하고 말았으니.

"너, 쌍둥이라며?"

다음 날, 학교에 도착해서 자리에 앉자마자 뒤에 앉은 다진이가 물었다.

"어, 그게."

나는 침을 꿀꺽 삼켰다. 이승호가 쌍둥이가 아니라는 건 천하가 다 아는 사실이다. 내 짝과 다진이 짝인 충효가 아직 오지 않은 게 불행 중 다행이었다.

사실 어젯밤 잠도 못 이루고 고민했다. 다진이가 분명히 학교에서 쌍둥이 이야기를 꺼낼 텐데, 뭐라고 말을 해야 할까. 학교에서 석고대죄 하며 잘못을 빌 것인가. 아니면 비밀을 유지하며 이중 생활을 할 것인가. 여러 가지 시나리오를 떠올렸지만 그중 어느 것도 고르지 못 했다.

하지만 다진이가 내게 말을 건 순간, 나는 결론을 내렸다.

"사실 말이야. 내가 쌍둥이인 거 다른 애들은 몰라. 우리가 어렸을 때 쌍둥이라고 놀림을 많이 받아서 학교도 줄곧 다른 곳을 다녔거든. 그러니까 너만 알고 있어 줘. 부탁이야."

"어? 어제 성호는 그런 말 안하던데……."

성호? 어제의 나를 다정하게 부르는 호칭이 반가우면서도 낯설었다. 다진이는 한 번도 나를 승호라고 부른 적이 없다.

"까, 깜빡 잊었나 보지. 걔가 좀 깜빡깜빡해."

"쌍둥이도 힘든 점이 있구나. 내 생각엔 되게 좋을 것 같은데. 늘 친구가 있는 거잖아."

"좋은 거만 있는 건 아니야. 곤란한 점도 있어."

"곤란한 점?"

나는 고개를 끄덕였다. 더 이상 대화를 지속하다가는 거짓말 배터리가 방전될 게 뻔했다. 나는 괜히 가방을 뒤지는 척했다. 다진이는 더 이상 묻지 않았다. 그러고 보니 안경 챙기는 걸 깜빡 잊었다. 아직 습관이 안 돼서 그런 건데, 오히려 다행이다 싶었다. 안경을 쓰고 왔다면 거짓말이 들통났을 거다.

안경 쓴 성호는 형. 안경을 쓰지 않은 승호는 동생. 다진이는 지금쯤 이렇게 구별하고 있겠지. 그리고 둘이 쌍둥이라는 사실은 비밀. 그 이유는 어렸을 때부터 놀림을 받았기 때문이다. 다진이가 내 말을 진지하게 받아들이고 있다는 것을 눈빛만 봐도 알 수 있었다. 어느새 거짓말이 자꾸 그럴듯해져서 나 자신도 놀랐다.

하루 종일 뒤통수가 뻐근했다. 고개만 돌리면 다진이의 눈동자와 마주칠 것 같았다. 그 애의 눈동자는 유난히 갈색빛을 띠었다. 그리고 어딘지 모르게 신비로운 분위기를 풍겼다. 비밀을 숨기고 있는 것 같기도 하고, 하고 싶은 말이 있는 것 같기도 했다. 혹시 다진이에게도 어떤 비밀이 있는 것 아닐까? 만약 다진이에게 비밀이 있다면, 그리고 그걸 내가 알게 된다면 비밀을 지켜 주고 싶다.

솔직히 말하자면 다진이가 전학 온 날부터 이상하게 신경이 쓰였다. 그래서 하루에 한 번씩은 머리를 꼬박꼬박 감고 더러워진 교복이나 체육복도 갈아입었다. 친구들이 소리 지르는 반응이 재미있어서 가끔 교실에서 실내화를 벗어 흔들었는데, 그런 행동도 하지 않았다.

교실에서만 그런 것이 아니었다. 중학생이 된 후 길거리에 침 뱉는 버릇이 생겼다. 다른 사람들이 싫어하는 행동이었지만 침을 뱉고 나면 왠지 후련해서 자꾸만 하게 되었다. 한번은 충효랑 같이 길을 가다가 침을 뱉었는데 하필 그게 충효 운동화 위에 떨어졌다. 일부러 그런 게 아니라 그냥 조준을 잘못한 것이었다. 엄청 깔끔한 성격인 충효는 크게 화를 냈다. 그런데 요즘은 침 뱉는 행동도 하지 않았다. 그 모습을 다진이가 보기라도 하면 안 되니까.

그런데 가만히 생각해 보니 나만 그런 게 아니었다. 다진이 짝인 충효도 뭔가 달라졌다. 하루에 한 번씩은 나에게 장난을 치고 빙글빙글 웃던 녀석이 어느 순간부터 그러지 않았다. 아이들이 뚱뚱한 체구에 대해 농담을 하면 너스레를 떨며 웃어넘겼는데, 요즘은 몸을 움츠린 채 대꾸도 하지 않는다. 거친 행동도, 욕도 하지 않는다. 그러고 보니 살도 좀 빠진 것 같다. 충효에게 무슨 일이 생긴 걸까? 말수가 줄고 웃음소리도 사라져 버린 충효의 뒷모습이 꼭 우울한 곰돌이 같다. 늘 꼿꼿하던 어깨마저 추욱 처져 있다. 역시 무슨 일이 있는 것이 분명하다.

학원에 다닌 지 삼 주째, 나와 다진이는 자연스레 버스 정류장까지 함께 가고 버스도 같이 탔다. 다행히 학교에서는 자리를 바꿔 멀리 떨어져 앉았다. 안 그랬으면 매일매일 뒤통수가 따끔했을 것이다. 다진이는 학교에서는 친한 척을 안 했다. 아니, 정확히 말하면 승호와는 친하지 않았다. 조금 서운한 마음이 들긴 했지만 상관없다. 승호든, 성호든 모두 나니까.

수준 높은 학원에 다니는 일이 힘들었지만 다진이가 있어서 빠지지 않고 갔다. 하지만 역시 나한테는 무리였나 보다.

"성호야, 오늘 남아서 보충 좀 하고 가라."

학원 선생님이 수업 끝날 즈음 이야기했다. 나는 얼굴이 확 달아올랐다. 아까 본 쪽지 시험 때문에 그러는 것 같았다. 오늘이라도 엄마한테 학원에 못 다니겠다고 이야기할까 고민하는데 앞쪽에서 다진이 목소리가 들렸다.

"선생님, 저도 보충 할래요. 질문할 게 있어서요."

나도 모르게 가슴이 떨렸다. 혹시 다진이가 나랑 같이 집에 가려고 그런 걸까? 마음 한구석에서 낯선 감정이 서서히 번졌다. 다진이는 한 번도 자진해서 남은 적이 없는데. 아냐, 그럴 리 없어. 정말로 질문할 게 있어서 그런 걸 거야. 섣불리 넘겨짚지 말자.

보충 시간 내내 들뜬 기분이었다. 선생님의 설명은 한쪽 귀로 들어갔다가 한쪽 귀로 나와 버렸다. 다진이야말로 이것저것 선생님께 질문하며 열심히 공부했다.

나와 다진이가 보충을 마친 후 학원에서 나오자, 해가 저물기 시작한 거리의 상점들이 하나둘씩 불을 밝히고 있었다. 기분이 묘했다. 살짝 내려앉은 어둠이 나와 다진이를 포근하게 감싸는 것 같았다. 그리고 우리 사이에 띄엄띄엄 남아 있던 빈칸들이 사라지는 것 같았다. 아주 중요한 공통점도 생겼다. 보충까지 하느라 출출해진 것이다.

"다진아, 뭐 먹고 갈래?"

버스 정류장 근처에 있는 분식집을 가리키자 다진이가 고개를 끄덕였다. 분식집 탁자에 떡볶이와 어묵 국물을 놓고 앉아 있으려니 어색함이 느껴졌다. 얼마 전까지만 해도 다진이와 마주 보기는 커녕 인사도 나누지 않았는데, 지금 이 순간이 너무 신기했다. 곧 다진이는 아무렇지도 않은 듯 떡볶이를 먹기 시작했다. 그리고 어색한 분위기를 깨려는 듯 입을 열었다.

"떡볶이 좋아해?"

내가 고개를 끄덕이자 다진이는 자연스럽게 대화를 이어 갔다. 다진이는 자신의 식성에 대해 먼저 이야기하고 그다음에 부모님의 식성에 대해서도 이야기했다. 아빠는 한식을 좋아하시고 엄마와 자신은 파스타와 피자를 좋아해서 외식할 때마다 늘 의견이 갈린다는 것이었다. 그러고 보니 우리 집과는 분위기가 꽤 다른 것 같았다. 좀 최신식이라고 해야 할까? 우리 집은 외식 때 삼겹살이나 냉면, 중국 음식을 주로 먹었다. 엄마는 양식은 식사 같지 않고, 김치를 먹어야 밥 먹은 것 같다고 했다.

다진이는 음악 듣는 것도 좋아한다고 했다. 그건 나도 맞장구를 칠 수 있었다. 내가 다른 건 못해도 노래 실력은 꽤 괜찮았다. 서로 좋아하는 음악 이야기를 하다 보니 시간이 후딱 갔다. 다진이는 의외로 수다쟁이였다. 학교에서는 조용해서 말수 적은 아이처럼 보이지만 사실은 눈을 반짝반짝 빛내며 말을 잘했다. 이런 모습을 아는 사람은 우리 반에 나밖에 없을 것이다.

우리는 기분 좋게 떡볶이를 먹은 후 집으로 가는 버스에 올랐다. 평소보다 한 시간 이상 늦은 시각이라 그런지 다른 때보다 더 붐볐다. 그런데 버스가 출발한 지 얼마 되지 않아 낯익은 얼굴이 탔다. 초등학교 동창인 정태였다. 정태가 나를 발견하고 반가운 표정으로 말했다.

"어, 승호 아냐? 오랜만이다!"

온몸에서 피가 빠져나가는 기분이었다. 잔머리와 눈치가 한꺼번에 증발해 버린 듯 머릿속이 하얘졌다. 차마 정태에게 나는 승호가 아니라 쌍둥이 형인 성호라고 말할 수가 없었다. 초등학교 내내 친하게 지냈던 정태가 거짓말에 속을 리 없었다. 더 고민할 새도 없이 그냥 얼버무리고 말았다.

"어, 어, 그래."

다진이의 시선이 느껴졌다. 다진이의 눈빛이 뜨거운 바람이라도 되는 것처럼 왼쪽 뺨에 열이 확확 올랐다.

"이 자식, 안경 쓰니까 똑똑해 보인다. 완전 달라 보이는데?"

정태는 시답잖은 소리를 몇 차례 하더니 다음 정류장에서 내렸다. 폭탄이 사라지긴 했지만 이미 내 상황은 초토화된 상태였다. 나는 조마조마한 심정으로 다진이를 바라보았다. 다진이는 아주 어려운 방정식을 보는 듯한 눈빛을 하고 있었다.

"흐흐. 나랑 승호를 헷갈려 하는 애들이 많아……."

입에서 나오는 대로 변명을 했지만 이건 정말 아니라는 생각이 들었다. 나는 어쩔 수 없이 멀뚱히 창밖만 내다봤다. 다진이가 버스에서 내릴 때도 그 애 쪽을 쳐다보지 못했다.

다진이가 눈치챘겠지? 내가 거짓말한 것 때문에 화났겠지? 어

쩌면 무슨 말인지 잘 못 들었을지도 몰라. 어휴, 못 들었을 리가 없
잖아. 정태 목소리는 유난히 커서 어디서든 잘 들렸다. 나는 이제
어떻게 해야 하는 걸까. 저녁 내내 가슴에 묵직한 돌을 얹은 느낌
이 들더니 진짜로 속이 거북해지면서 체하고 말았다. 약을 먹고 조
금 나아졌지만 고민하느라 밤잠을 설쳤다. 깜빡 잠에 들었나 싶었
는데 나는 어느새 어려운 수학 문제를 풀고 있었다. 그런데 문제가
이상했다.

다진이는 성호와 친하다
성호는 나다
∴ 다진이는 나와 친하다

아니야, 다진이는 그렇게 생각하지 않아. 다진이는 나와 친한 게
아니라 공부 잘하고 의젓한 성호랑 친한 거라고. 뭐 하나 잘난 구
석 없이 시시한 나하고는 친구가 아니야.

성호 ≠ 승호

다진이는 절대 나와 친해지고 싶지 않을 것이다. 오히려 그동안
자신을 속인 걸 알았으니 이제 나를 싫어할 것이다. 다진이는 원래
성호와 친했는데, 이제 성호는 사라지고 승호만 남아 버렸다. 내일

학교에서 만나면 거짓말쟁이라며 욕할지도 모른다. 후유, 가슴 깊은 곳에서부터 한숨이 새어 나왔다. 이런 내가 너무나 싫다. 나도 내가 싫은데 다진이라고 다를까. 한참을 뒤척이다가 새벽녘에야 잠이 들었다.

주말을 불편한 마음으로 지냈다. 맛있는 것을 먹고 싶은 생각도 들지 않았고 재미있는 예능 프로그램을 봐도 웃기지 않았다. 배가 아프다는 핑계로 침대에 누워 이틀을 뒹굴었다. 월요일에 내키지 않는 걸음으로 등교했다. 기분 탓인지 다진이가 나를 자꾸 쳐다보는 것 같았다. 그러다가 한번 눈이 마주쳤다. 황급히 외면하는 내가 정말 바보 같았다. 나는 마음을 다잡고 결심했다.

'그래, 오늘 사실대로 다 이야기하자.'

티끌만큼의 거짓 없이 있는 그대로 고백하고 용서를 구하자. 그러면 다진이가 이해해 줄지도 몰라. 아니, 이해해 주지 않아도 어쩔 수 없어. 내가 잘못한 거니까……. 이렇게 다짐하면서도 한편으로는 사실대로 말했을 때 다진이가 어떤 반응을 보일지 걱정되었다. 그냥 이대로 모르는 척하고 싶다는 생각이 들었지만, 그러기에는 내가 좋아하는 친구가 나를 영원히 거짓말쟁이로 기억하는 것을 참을 수가 없었다. 그래, 더 이상 다진이를 속여서는 안 돼. 오늘 사실대로 털어놓고 어떤 비난이든 달게 받겠다고 이야기하자. 승호야, 용기를 내. 그게 떳떳한 거야!

마침 오늘은 학원 수업이 있는 날이었다. 나는 마음을 단단히 먹고 수업이 끝난 후 다진이 자리로 갔다.

"다진아, 오늘 떡볶이 먹고 갈래? 지난번에 갔던 거기……."

갑작스러운 제안에 다진이가 놀란 표정으로 나를 바라보았지만 이내 고개를 끄덕였다. 다진이도 나랑 할 말이 있다고 생각한 걸까? 함께 강의실을 나가는데 데스크 쪽에서 익숙한 목소리가 들렸다.

"아니라니까요."

크게 외치는 소리를 듣자마자 심장이 멎는 기분이었다.

"스엉호가 아니라 스엉호라니까요."

엄마 목소리다.

"이스엉호요. 이스엉호!"

낯익은 중년 여인이 학원 데스크 앞에 서서 선생님과 실랑이를 벌이고 있다. 엄마다. 그런데 두 사람이 나누고 있는 대화는……. 나는 그 자리에 멈춰 섰다. 함께 걸어가던 다진이도 멈췄다. 데스크 선생님이 나를 발견하고 '정답'을 외치듯이 엄마에게 물었다.

"저 학생! 저 학생 맞죠?"

그러자 엄마가 '맞아요, 저 애가 정답이에요.' 하는 얼굴로 나를 바라보며 크게 고개를 끄덕였다.

"이름이 성호 아니었어요? 이성호?"

"아니에요. 스엉, 호오예요."

엄마의 사투리 발음이 다시 한번 큰 소리로 공기를 울렸다. 나는 몸이 얼어 버린 듯 그 자리에서 꼼짝할 수 없었다. 나의 시선이 천천히 다진이의 얼굴로 향했다. 다진이가 입을 살짝 벌린 채 나와 엄마를 번갈아 바라보고 있었다. 그리고 잠시 후 나를 쳐다보며 말했다.

"저게 무슨 말이니?"

나는 아무 말도 못 하고 서 있었다. 거짓말쟁이이자 겁쟁이인 채 그 자리에 얼어붙은 나는 한마디도 할 수 없었다. 아니 어떤 말도 해서는 안 되었다.

엄마가 만족한 얼굴로 다음 달 교육비를 계산하는 모습이 보였다. 엄마 몰래 도망갈까? 아니면 다진이 몰래 도망갈까? 아니지, 나는 여기 그대로 굳어 버렸는걸. 꼼짝도 할 수가 없다.

"네가 승호니?"

다진이는 마지막으로 이렇게 물은 뒤 내가 멈춰 있는 장소에서 서서히 멀어져 갔다. 그 애가 학원 문을 나가 계단을 내려가는 모습이 보였다. 그리고 이내 나의 시야에서 사라졌다.

'다진아, 이야기할 게 있어. 학교 끝나고 잠깐 보자.'

지난 밤, 몇 번이나 연습하고 온 말이었지만 막상 꺼낼 타이밍을 찾지 못했다. 그러는 사이 하교 시간이 되었다. 교실 안은 가방을 챙겨 나가는 아이들과 청소 준비를 하는 아이들로 북새통이었다.

나는 가방을 들고 교실 문을 나서는 다진이를 따라갔다. 다행히 다진이는 혼자였다. 나는 심호흡을 한번 했다. 연습했던 대로 다진이에게 고백하고 무거운 짐을 벗으리라. 아니, 짐을 벗지 못한다고 해도 좋았다. 무릎을 꿇고 용서를 구하리라. 그리고 다진이가 던지는 돌을 달게 맞으리라.

그런데 예상과 달리 다진이는 현관으로 가지 않았다. 그 애가 향한 곳은 1층에 있는 도서실이었다. 나는 밖에서 다진이를 기다리기로 했다. 도서실 게시판에도 복도 게시판에 붙어 있던 포스터가 있었다.

커플 축제에 당신을 초대합니다!

우두커니 그 문구를 바라보다가 나도 누군가와 커플이 되면 좋겠다는 생각이 들었다. 사실 그동안 이 행사에 전혀 관심이 없었다. 커플 축제는 나와 어울리지 않는다고 생각했으니까. 그런데 갑자기 가고 싶어졌다. 누군가와 커플이 되면 당당하게 커플 축제에 갈 수 있겠지. 상상만으로도 짜릿하다. 지금 저 문 안에 있는 다진이랑 갈 수 있다면 기분이 어떨까? 가슴 한구석이 찌르르 울리며 신호를 보냈다. 알고 있다. 지금의 나에겐 이루어질 가망이 없는 희망 사항일 뿐이라는 걸.

몇 분이나 기다렸을까? 다리가 서 있기 싫다고 슬슬 신호를 보낼 즈음 도서실 문이 열렸다. 다진이는 흘깃 내가 서 있는 쪽을 쳐다봤지만 표정에 변화가 없었다. 그냥 아무도 보지 못한 것처럼 현관으로 향했다. 그 애의 냉랭한 태도에 괴로웠지만 나에게 다른 선택은 없었다. 걸음을 서두르는 다진이를 쫓아갔다.

"미안해, 다진아!"

나는 기어들어 가는 목소리로 간신히 내뱉었다. 다진이는 아무 말 없이 앞만 보고 걸었다. 준비했던 말들은 밖으로 나오지 않고 전부 목구멍 속으로 꿀꺽꿀꺽 사라졌다. 다진이는 학교 앞 버스 정류장에 이르러서야 멈춰 섰다. 나는 그제야 겨우 준비했던 말을 꺼냈다.

"거짓말해서 미안해. 어쩌다 보니 그렇게 됐어. 나, 욕해도 좋아. 하지만 미안하다는 말은 꼭 전하고 싶었어."

하지만 다진이는 내 쪽은 쳐다보지도 않았다.

"좀 더 괜찮은 애처럼 보이고 싶었어. 그 반대가 되고 말았지만……."

다진이가 꼿꼿이 들고 있던 고개를 살짝 떨어뜨렸다. 내 이야기를 듣고 있는 걸까?

"그리고 나, 사실은 커닝해서 그 학원 들어갔어. 입학시험 말이야. 처음부터 커닝하려고 했던 건 아니야. 도저히 못 풀겠어서 답안지를 그냥 교탁 위에 올려놓고 나가려고 했는데, 다른 애 답안지가 보여서 그만……."

다진이는 아무 말도 않고 내 말을 듣기만 했다. 마침 버스 한 대가 도착했고 다진이는 그 차에 올라탔다. 그런데 스치듯이 지나간 그 애의 옆얼굴에 무언가가 반짝이며 흘러내렸다. 내가 잘못 본 걸까? 그래, 내가 잘못 본 거겠지. 그 애가 슬플 일은 아니잖아. 다진이가 울 리 없잖아. 나는 지금 제정신이 아니니까 내 시력도 정상이 아닐 거야.

버스도, 다진이도 떠났지만 가슴속에 이는 먼지바람은 가라앉지 않았다. 다진이 앞에서 당당해지고 싶었는데, 왜 이렇게 못난 자식이 되었을까? 거짓말하기 전의 나도 한심한 건 마찬가지였지만 지금의 나는 더욱 꼴불견이었다. 나 자신이 정말 싫었다. 미치도록 부끄럽고 스스로가 미웠다. 이제 어떻게 하면 좋을까?

버스를 기다리는 것도 아니면서 마냥 그곳에 서 있었다. 그렇게 한참을 붙박여 있다가 행선지를 정하지도 않은 채 걷기 시작했다. 한낮의 시끄러운 거리였지만 아무것도 보이지 않고 들리지 않았다. 마치 뿌연 안개 속을 헤매는 기분으로 계속 걸어갔다.

4장

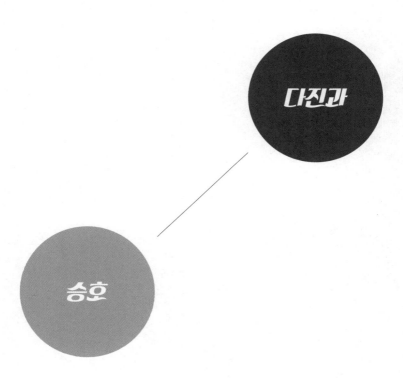

> *거짓말을 하면 벌을 받아야 해.*

그 애들이 나한테 그렇게 얘기했어. 아니 좀 더 정확하게 표현하면 그 애들은 나에게 그것을 가르치려고 했어. 맞아. 나는 벌을 받는 쪽이었어. 그 애들은 거짓말이 나쁘다는 걸 나한테 확실히 '가르치려고' 했지. 정다진, 넌 벌을 받아야 해. 그 애들은 그렇게 말하고 있었어. 하지만 나는 그 자리에서 사라졌어. 전학 와 버렸으니까.

사람들은 어떤 문제가 닥치면 그것을 적극적으로, 긍정적으로 해결하라고 해. 아주 쉽게 얘기하지. 하지만 그건 문제를 겪어 본 적 없는 사람들이 할 수 있는 소리야. 고개를 빳빳이 들고 얼굴에 미소를 머금고 해결할 수 있는 일이라면 그건 이미 '문제'가 아니야. 고개를 드는 순간 어디선가 날아올 시선에 다치지 않기 위해 고개를 숙일 수밖에 없는 상황을 몰라서 하는 말이야. 그걸 어떻게 웃으며 해결할 수 있겠어? 고개조차 들 수 없는데 말이야.

새 학기가 시작했을 때야. 학기 초가 되면 반 아이들은 친구 무리가 어떻게 나뉠지 신경을 곤두세우지.

'세 덩어리로 나눌까? 네 덩어리로 나눌까? 아님 두 덩어리로? 혹시 부스러기가 남지는 않을까? 설마 내가 부스러기가 되지는 않겠지.'

부스러기가 남는 경우도 있어. 그러면 일 년 내내 피곤하지. 부스러기 당사자들도 물론 힘들겠지만 덩어리 쪽에서도 부스러기는 신경 쓰여. 가끔 부스러기를 처리해야 할 때가 생기거든. 나는 한 번도 부스러기가 된 적은 없어. 나는 항상 누군가와 붙어 있었거든. 애들이랑 잘 맞아서 그런 건 아니야. 나는 사실 어떤 아이와도 맞지 않아. 맞추기 위해 노력하는 거지. 그걸 학기 초에는 더 열심히 할 뿐이야. 진짜 나를 버려 가면서 말이야. 무리 속에 들어가지 못하는 건 끔찍하니까.

이번에도 나는 그럭저럭 괜찮은 덩어리 속에 들어갔어. 다섯 명이라 홀수라는 점이 살짝 걸렸지만 크게 문제가 되지 않았어. 초등학교 5학년 때 같은 반이었던 예린이도 같은 덩어리 속에 끼었지.

이제 와서 고백하는 거지만 개학 첫날, 그 아이를 보자 내 마음은 두 갈래로 갈라졌어. 저 애와 친해져야 할까? 아니면 거리를 둬야 할까? 내게 선택권은 없었어. 예린이가 먼저 내게 다가왔고 누군가와 빨리 친해지고 싶은 우리는 금세 가까워졌으니까. 예린이가 나랑 이렇게 잘 맞는지 몰랐다는 생각이 들었고 첫날 망설였던게 참 쓸데없는 고민 같았지.

곧 우리들에게 하나둘씩 아이들이 붙었어. 처음에 친해진 아이는 현아. 예린이 친구의 친구라서 연결되었어. 나머지 두 아이는 희영이랑 민서. 체육 시간에 나랑 같은 조가 되면서 갑자기 친해졌지. 예린이와 현아도 서로 잘 맞더라. 그래서 우리 다섯은 한 덩어리가 되었어. 그러고 보면 아이들은 본능처럼 알아보는 것 같아. 학급처럼 작은 무리 안에서도 누가 나의 동족인지 아닌지를.

그렇게 우리는 나름대로 잘 지냈어. 홀수였기에 서로를 배려했지. 가끔 양보도 하고 말이야. 나는 아이들과 잘 지내는 방법을 알아. 그건 살짝 손해를 보는 거야. 사실 그게 해 보면 별거 아니거든. 하지만 친구들한테는 위력이 상당해. 아이들은 나를 착하고 다정한 아이라고 생각했지. 내가 진짜 착하고 다정한 사람일까? 철이 들 때부터 나는 그렇게 보이려고 노력했고 그렇게 행동했기 때문에 내가 정말 그런지는 모르겠어. 내 진짜 모습은 어떨까? 이런 상황이 아니었다면 나는 다른 사람이 되었을까?

나는 엄마랑 둘이 살아. 우리 엄마는 내가 네 살 때 아빠랑 이혼했어. 우리 엄마는 능력도 있고 성깔도 있는 사람이야. 그리고 나를 세상에서 가장 사랑하지. 하지만 엄마는 나보고 아빠를 닮았대. 엄마가 세상에서 제일 사랑하는 나는 아빠를 닮았고, 아빠는 엄마가 세상에서 제일 싫어하는 사람이야. 조금 이상하지?

참, 엄마 이야기를 하려는 건 아니야. 그날에 대해 이야기하려고 해. 우리 반이 단체로 야외 활동을 가는 날이었어. 목적지는 학교에서 멀지 않은 공원이었지. 거기서 우리는 쓰레기를 줍는 봉사 활동을 했어. 4월 마지막 주였던 것 같아. 날씨는 화창하고 세상은 봄기운으로 가득 차서 아이들만 떠드는 것이 아니라 온 천지가 재잘대는 것 같았어. 그래서 신났어. 다들 들뜨니까 내 기분도 덩달아 둥둥 떠다니는 것 같았지.

하지만 그런 기분은 오래가지 않았어. 뭔가 이상하다는 걸 느꼈거든. 처음에는 분명히 우리 그룹 아이들이 함께 출발했는데 가는 동안 자꾸 아이들이 안 보이는 거야. 길 옆에 있는 쓰레기를 주우려고 덩어리에서 잠깐 떨어져 나오거나 뭔가 다른 것에 정신이 팔리기라도 하면 아이들이 갑자기 저 앞에 가고 있거나 아니면 아예 내 시야에서 사라지더라고. 마치 순간 이동이라도 한 것처럼 말이야. 어느 순간 난 깨달았어. 일부러 그런 거였다는 걸. 이런 상황을 뭐라고 해야 하나? 왕따라는 말이 떠오르지만 그 말은 쓰고 싶지 않아. 갑자기 혼자가 된 것을 뭐라고 해야 할까? 고립? 그래, 고립이라고 해 두자. 갑작스러운 고립은 그날부터 일주일 동안 계속되었어.

다음 날에도 아이들은 나를 피하기 시작했어. 체육 시간에 운동장에 나갈 때도 아이들은 둘씩 짝지어서 사라졌지. 쉬는 시간에도 내 자리에는 찾아오지 않았어. 내가 넷 중 누군가의 자리에 가면 그 아이는 쓱 일어나서 다른 아이 자리로 갔어. 그리고 점심을 먹을 때도 자기들끼리 모여 식당으로 갔어. 첫째 날은 내가 눈치도 없이 그 애들이 먹는 자리로 식판을 가지고 가서 앉았어. 그 순간 아이들이 서로를 보는 눈빛이 묘했어. 그러더니 내가 있는 쪽은 외면하고 자기들끼리만 이야기를 하는 거야. 나는 아무 말도 안 하고 밥만 먹어야 했지.

다음 날 학교에 가기 싫었지만 안 갈 수 없었어. 그렇게 다음 날, 그다음 날도 같은 상황이 반복되었어. 나흘째부터는 점심시간에 밥을 먹지 않았어. 아프다고 하고 보건실에 가 있었지.

그런 날이 다섯 번째 반복되던 날이었어. 혼자 집에 가는데 휴대폰에 익명 메시지 하나가 도착했어.

> *거짓말에 대한 벌이야!*

무슨 말일까? 처음에는 누군가 잘못 보낸 줄 알았어. 나랑은 전혀 상관없는 이야기였거든. 하지만 이런 걸 잘못 보낼 수 있을까 하는 생각이 들었어. 이 메시지가 지금 나의 상황과 관련이 있고 이걸 보낸 사람은 예린이, 현아, 희영이, 민서 중 하나일 거라는 예감이 들었어. 아니, 넷이 함께 그 메시지를 보냈을 거라는 확신이 들었어. 그 순간 섬뜩하고 기분 나쁜 무언가가 가슴속에서 불쑥 자라는 것 같았지. 사실 그건 예전부터 내 마음속에 은밀하게 자리하고 있었던 거야. 하지만 구태여 떠올리지 않고 잊어버리고 있었지. 일부러 별거 아니라고 모르는 척하면서……. 하지만 늘 두려웠어. 어느 순간에 나타나 나를 한입에 삼켜 버릴지도 모른다는 불안함이 늘 있었으니까.

그때부터 나는 내가 한 거짓말에 대해서 생각했어. 그리고 그 아이들이 내게 준 벌에 대해서도. 처음에는 어둠 속을 더듬듯이 내가 어떤 거짓말을 했는지 떠올리려고 했어. 하지만 그건 하나마나 한 일이었지. 그럴 필요가 없다는 것을 나 자신이 잘 알고 있었으니까. 나는 그게 뭔지 이미 알고 있었으니까.

그래, 예린이는 알고 있었던 거야. 그 애가 모르기를 간절히 바랐는데……. 초등학교 때 친구들 중에는 우리 부모님이 이혼했다는 사실을 아는 아이들이 더러 있었어. 내가 지금보다 더 철이 없었을 때는, 그러니까 조금 더 순진했을 때는 나의 가족 관계에 대해 사실대로 말했거든. 그런 이야기를 하면 어른들은 이렇게 말했어.

"그런 경우는 아주 많아. 세상에는 다양한 가족이 있단다. 내가 아는 어떤 아이도 부모님이 이혼하셨어. 이런 경우도 있고, 저런 경우도 있는 거야."

그런데 말이야. 어른들 이야기처럼 나 같은 아이들이 많지 않았어. 아니 주변에 하나도 없었어. 반 아이들 중에도 없었고, 놀이터에서 함께 놀던 아이들 중에도 없었고 학원이나 캠프를 가도 없었어. 아이들은 다 아빠, 엄마가 둘 다 있는 걸 당연하게 여겼어. 사람들이 말하는 것처럼 '가족의 다양한 모습' 따위 내 주변에는 없었어.

나이를 먹으면서 솔직하게 말하는 것이 나한테 좋을 게 없다는 걸 알게 되었어. 한번은 마음이 잘 맞는 친구에게 우리 부모님이 이혼했다고 이야기했더니 그 애 부모님이 당장 나하고 놀지 말라고 했다더라. 그때 커다란 깨달음을 얻었지. 사실대로 말하면 친구를 잃어버릴 수도 있다는 것을 말이야. 난 덩어리 안에 들어가고 싶은데 진실을 말하면 그러지 못할지도 모른다는 사실을. 그래서 나는 어느 순간부터 조금씩 준비를 하게 되었어. 새 학기가 되면 새 학기 준비물을 챙기듯이 새로운 학년, 새로운 친구를 맞을 때면 나도 준비물을 챙겼지. 그 준비물이 뭔지 알겠지?

아마 어떤 계기가 있었던 것 같아. 우연히 내 입에서 아빠 이야기가 나온 거지. 사실 아빠에 대한 기억은 없어. 네 살 이후로 만난 적이 없거든. 내게 남은 기억은 사진 속에 담긴 아빠의 모습과, 엄마가 어쩌다가 아빠에 관해서 한 이야기가 다야. 그런데 어느 날 친구들 앞에서 무심코 이렇게 말한 거야.

"나도 아빠랑 거기 가 본 적 있는데……."

그곳에서 함께 찍은 사진이 있거든. 갔던 기억은 없지만 갔던 증거는 있으니까 간 거 맞잖아. 그렇게 말하니까 나도 아빠 있는 아이가 된 기분이었어. 그리고 아이들도 다 그렇게 믿었지. 아무도 내게 아빠가 없다고 생각하지 않았어.

그래서 나는 학년이 바뀔 때마다 아빠에 관한 에피소드를 몇 가지 준비했어. 몇 장 남지 않은 사진 속에 있는 장소들이나, 엄마가 이야기했던 아빠에 관한 정보들로. 나처럼 버섯을 먹지 않는다든가, 어른인데도 젓가락질을 잘 못한다든가 하는 거 말이야. 그러고 나면 나는 자연스레 아빠 있는 아이가 되지. 굳이 내 사정에 대해 설명할 필요가 없어지는 거야.

그러던 어느 날, 아이들이 아빠 이야기를 하길래 나도 아빠가 내가 좋아하는 캐릭터 인형 베개를 사 줬다고 했어. 사실은 엄마가 사 준 건데. 뭐 어때, 누가 사 줬는지는 중요한 게 아니잖아. 나한테 그 물건이 있다는 것이 중요한 거지. 그랬는데 누군가가 이렇게 말한 거야.

'좋겠다.'

그때는 그냥 별생각 없이 넘겼는데 계속 그 말이 귓가에 맴돌았어.

좋겠다, 좋겠다, 좋겠다.

그 말이 한 번 더 듣고 싶었어. 그래서 나는 기회를 노려 또 뭔가 자랑이 될 만한 걸 이야기했지. 우리 아빠가 외국 출장 다녀 오면서 근사한 선물을 사 줬다고. 그랬더니 이번에도 아이들 반응이 비슷했어. 좋겠다, 부럽다, 우리 아빠도 외국 출장 좀 갔으면 좋겠다. 이렇게 말이야.

그때부터 나는 적당히 그런 말을 섞어서 하게 되었어. 수행 평가를 잘해서 아이들이 부러워하면 아빠가 도와줬다고 이야기하고, 내가 가지고 있는 어떤 물건을 다른 아이가 부러워하면 아빠가 사 줬다고 했지. 속인다고 생각하지 않았어. 수행 평가를 잘한 건 사실이고 그 물건이 내게 있는 것도 사실이잖아. 거기에 아빠라는 단어만 추가했을 뿐이야.

중학교에 올라와서는 조금 더 준비를 세심하게 해야 했어. 왜냐하면 아이들이 초등학교 때처럼 어리숙하지 않거든.

아빠랑 새로 생긴 쇼핑몰 가 봤는데 말이야, 아빠랑 그 영화 봤는데 말이야, 아빠가 어제 새벽 2시까지 내 숙제 도와줬거든…….

어느 순간부터는 단순히 내 사정을 살짝 숨기는 정도로 아빠 이야기를 하는 것이 아니라 다른 아이들이 부러워하는 얼굴을 보고 싶어서 마구마구 이야기를 지어내게 되더라고. 중학교에 올라온 후부터 아빠는 친구들 사이에서 정말 멋진 아빠가 되고 말았어. 내가 갖고 싶은 것을 척척 사 주고, 내가 숙제 때문에 쩔쩔매면 잠도 안 자고 도와주고, 모르는 수학 문제도 척척 풀어 주는, 그런 아빠.

지난봄에도 마찬가지였어. 엄마가 백화점에서 사 준 시계는 아빠가 외국에서 사다 준 선물이 되었고, 주말 내내 혼자 낑낑대며 만든 사회 수행은 아빠가 뚝딱 도와준 숙제로 둔갑했지. 휴일에도 일하느라 바쁜 엄마가 사 준 콘서트 티켓은 딸의 취향을 잘 아는 아빠의 서프라이즈 선물이 되었고 말이야.

　나도 가끔 내가 지나치다는 생각을 했어. 이러면 안 돼, 이제 그만두자, 더 이상 아빠 이야기는 하지 말자……. 여러 번 다짐했어. 하지만 기회만 오면 내 입은 천연덕스럽게 아빠 이야기를 하고 있었어. 미리 제어할 틈도 없이 말이야. 누군가 '아빠한테 혼났어. 아빠가 너무 싫어.' 이렇게 말하면 나는 '우리 아빠는 안 그러는데'라고 중얼거리며 안타까운 표정을 짓곤 했어. 거짓말을 많이 한 날 저녁에는 조용히 방에 앉아 길어진 내 코가 줄어드는 상상을 했지.

　그러다가 누군가의 기분을 상하게 한 걸까? 그래서 누군가 나에 관해 캐기 시작한 걸까? 초등학교 때 친구들 중 한두 명은 우리 부모님이 이혼했다는 사실을 기억하고 있을 거야. 아까 말했듯이 어렸을 때는 사실대로 이야기했거든. 있는 그대로 말이야.

　"쟤네 가족 사정 아는 애한테 들었는데, 쟤네 부모님 오래전에 이혼했대. 다진이 쟤, 엄마 하고만 살아. 그런데 어쩜 저렇게 아빠랑 같이 사는 것처럼 속였다니? 정말 무서운 애야."

　"뭐? 그럼 몽땅 거짓말이었어?"

　"지난번에 아빠가 외국에서 사 왔다며 우리에게 나눠 준 초콜릿은 뭐야?"

　"다 거짓말이지. 그냥 넘어갈 수 없는 문제야."

"그렇게 감쪽같이 속이다니, 어떻게 그럴 수 있니?"

생각만 해도 끔찍해. 친구들이 나 때문에 정말 화가 많이 났을 거야. 그러는 게 당연해. 그리고 미안해. 내가 잘못한 거 맞아. 그 애들을 이해 못 하는 건 아냐. 얼마나 내가 미울까? 얼마나 화났을까?

그렇지만 나에게 다른 방법으로 이야기할 수는 없었니? '거짓말하지 마.' 이렇게 이야기해 줄 수는 없었니? 내게 고통스러운 벌을 주는 대신 내 얼굴을 보면서 거짓말한 거 사과하라고 말해 줄 수는 없었던 거니? 물론 이기적인 생각이라는 거 알아. 나는 잘못해 놓고 친구들한테는 잘하라는 거잖아. 나는 친구들을 속였으면서 그 애들한테는 모범 답안을 제출하라는 이야기지. 맞아, 나는 친구들한테 그러지 말라고 말할 자격이 없어.

하루, 이틀, 사흘. 고립의 시간이 길어지면서 나는 점점 더 견딜수 없었어. 결국 엄마한테 학교에서 일어나고 있는 일에 대해 털어놓고 말았지. 엄마는 오랫동안 이런 일을 대비해 온 사람처럼 화내지 않고 슬퍼하지도 않고 그렇다고 나를 위로해 주지도 않고 내 이야기를 들었어. 그리고 그 애들이 나를 모른 척하기 시작한 지 일주일이 되던 날부터 나는 학교에 가지 않았지. 정말로 견딜 수가 없었거든. 엄마는 굳이 나더러 학교에 가야 한다고 하지 않았어. 며칠 후 엄마가 말했어.

"다진아, 전학 갈래?"

엄마는 한번 어긋난 관계는 다시 바로잡기 힘들다고 믿는 사람이었어. 엄마도 그런 경험을 처절하게 해 봤거든. 그리고 5월이 가기 전에 나는 이 학교로 전학 왔어. 전학 올 때 많이 두려웠어. 혹시 나에 대한 소문이 따라오지 않을까. 활기찬 교정에서 밝은 아이들의 얼굴을 대하는 것이 살얼음 위에 서 있는 것처럼 조심스러웠지. 특히 같은 반에 서영이가 있다는 사실을 알고 가슴이 쿵 내려앉았어. 서영이는 학원 친구랑 아는 사이라서 혹시나 나에 대한 나쁜 이야기를 들었을지도 모르거든. 다시 소문이 퍼지면 나는 어떻게 해야 할까 그런 걱정을 했지. 하지만 조용했어. 아무 소문도 따라오지 않은 거야. 내 친구들은 나를 없는 사람 취급하더니 이제는 아예 잊어버린 건지도 몰라. 나에게 그런 문자를 보냈던 것도 잊었을까.

처음 전학 왔을 때 내 몸은 이곳에 있지만 마음은 전에 다니던 학교에 있었어. 그리고 내 생각은 양쪽 끝을 향해 무한 왕복 달리기를 멈출 수 없었어.

'내 잘못이야. 아니, 그 애들이 잘못했어. 그래도 내가 먼저 거짓말했으니까 그런 거야. 아니, 그래도 너무 잔인했어. 꼭 그렇게 해야만 했냐고! 아니, 아니, 내가 나빴어. 내가 먼저 잘못했잖아.'

여전히 달리기는 끝나지 않았어. 왼쪽으로 갔다가 다시 오른쪽으로 갔다가 양쪽 끝을 향해 쉼 없이 달리고 있어.

거짓말을 용서할 수는 없겠지만 이해해 줬으면 좋겠다.

승호야, 네가 조금 전에 보낸 메시지를 보면서 울었어. 꼭 내 마음 같았어. 그런데 말이야, 내가 너한테 했던 우리 아빠 이야기도 모두 거짓말이야. 미안해. 너한테 거짓말을 하는 내가 미웠어. 그런데도 어떻게 할 수가 없었어. 친구한테 멋지게 보이고 싶었어. 근사한 아빠가 있는 애가 되고 싶었어. 그럴 때마다 내 입은 자꾸 거짓을 말한 거야. 내일은 사실대로 말해야지. 오늘은 사실대로 말할 거야. 이렇게 다짐한 게 한두 번이 아니야. 하지만 나는 결국 말하지 못했어.

혹시 너도 느꼈니? 한번 거짓말을 들키고 나면 어떤 말을 해도 들어 주지 않을 것 같은 기분을. 아닌데, 이건 진짜인데, 이렇게 생각하면서도 반쯤은 포기하지. 내 말은 이제 믿지 않겠구나. 나의 진심은 이 세상에서 나밖에 모르겠구나. 누군가에게 진정으로 털어놓고 친해지고 싶어도 내 안의 피노키오는 도리질을 하며 단념하라고 하지. 어차피 타인은 타인일 뿐이라고. 누군가가 함께한다는 말은 다 허울 좋은 말뿐이고 너의 힘듦은 네 것일 뿐이라고. 너는 거짓말쟁이 그 이상 그 이하도 아니라고.

하지만 승호야, 그럼에도 나는 너에게 진실을 말하려 해. 내 가슴속에 쌓인 검은 거짓말들이 나를 완전히 삼키기 전에 이야기하려고 해. 너는 나를 이해할 것만 같아서. 들어 줄 수 있겠니?

자, 이제 다 왔어. 많이 기다렸지? 저 멀리 네 모습이 보인다. 가방을 메고 있는 것을 보니 지금까지 집에도 가지 않고 있었구나. 사실 미안해야 할 사람은 나인데, 너 혼자 힘들어 할 일은 아닌데…… 지금 넌 고개를 푹 숙이고 있어. 혹시 너도 예전의 나처럼 자신을 너무 미워하고 있는 것은 아니겠지? 우리 이따가 지난번에 갔던 분식집 갈까? 네가 어제 학원 끝나고 가자고 했는데 못 갔잖아. 기억하지? 지난번에 너랑 분식집에서 내가 좋아하는 음악 이야기할 때 정말 행복했거든. 우리 매운 거 먹으면서 가슴속의 응어리, 모두 털어내 버리자. 고마워, 이렇게 기다려 줘서.

5장

"어휴, 몽땅 그거야. 거긴 어때?"

지평이가 3층 건의함 속에서 나온 쪽지를 읽다가 내게 물었다. 유감스럽게도 내가 열어 본 4층 건의함 사정도 마찬가지였다. 커플 축제를 없던 걸로 하자는 내용이었다. 대개는 "커플 축제 절대 반대"등 한두 문장을 갈겨 놓은 정도였지만 개중에는 상당히 논리적으로 커플 축제를 반박하는 내용도 섞여 있었다. 공부가 본분인 학생들에게 연애 감정을 부추기는 축제는 바람직하지 않다는 설교하는 조의 건의에서부터 모태 솔로가 90퍼센트인 전교생 중에서 몇 명이나 참여할 수 있겠냐는 팩트에 근거한 의견, 성적 지향에 대한 구태의연한 의식을 버리라는 충고까지 다양했다. 어떤 쪽지에는 나에 대한 공격도 섞여 있었다.

도진희, 이런 말도 안 되는 축제를 추진하는 전교 회장은 자격이 없다. 당장 그만둬라!

분명히 여론 조사 했을 때는 찬성 쪽이 많았는데 건의함에는 반대 의견이 많았다. 반대하는 아이들은 익명으로 자신의 의견을 남기고 싶었던 걸까?

칫솔에 남아 있는 물을 털며 상담실로 들어오던 홍 샘이 탁자 위에 수북이 쌓인 쪽지를 보더니 호들갑스럽게 물었다.

"요즘 학교에 무슨 일 있니? 애들이 왜 갑자기 건의함을 애용하는 거야?"

지평이가 심드렁한 얼굴로 대답했다.

"커플 축제 때문이에요."

"아! 커플 축제에 대한 아이디어 제안이야?"

아무것도 모르는 듯 순진한 홍 샘의 물음에 지평이가 어이없다는 표정으로 나를 바라보았다.

"그 반대예요. 커플 축제 취소하라는 건의가 대부분이에요."

내가 대신 대답하자 홍 샘은 도무지 영문을 모르겠다는 표정을 지었다. 아이들의 생각이 도저히 이해가 안 된다는 얼굴이다. 일주일마다 바뀌는 네일 아트가 트레이드 마크인 홍 샘은 오진중학교가 첫 부임지인 새내기 선생님이다. 재작년, 그러니까 우리가 입학할 때만 해도 어리바리 병아리 선생님 같더니 요즘은 꽤 선생님 포스를 뿜어낸다.

"애들 참 이상하다. 전교 회장단이 나서서 판 벌여 주는데 왜 빼고 그러니?"

홍 샘은 진심인지 농담인지 모호한 말을 던지며 상담실 책상 위에 널려 있는 서류를 뒤적였다.

"그거 말고 다른 건의 사항은 없고?"

"없어요."

지평이가 퉁명스럽게 대답했다. 홍 샘은 올해 전교 회장단 활동 담당이라서 우리와 자주 만났다. 나는 아무 말도 하지 않고 건의함에 들어 있던 쪽지들을 모아 정리했다. 홍 샘은 나를 향해 빙긋 웃더니 상담실을 나갔다.

"어떡하냐?"

지평이가 미간에 주름을 잡고 물었다. 나는 지평이의 심각한 표정을 쳐다보다 흠칫했다. 분명히 얼굴을 찡그리고 있는데 전혀 못나지 않았다. 못나기는커녕……. 나는 하려던 말을 잊어버렸다.

쉽게 설명하자면 지평이는 우리 학교에서 가장 잘생긴 애다. 그럭저럭 괜찮게 생긴 정도가 아니라 누가 봐도 고개를 끄덕일 만큼 잘생겼다. 길거리 캐스팅 제의를 몇 번 받았다는 소문도 돌았다. 게다가 성격도 원만해서 인기가 많았다. 특별히 공부를 잘하지는 않지만 그런 것은 선거에서 중요하지 않았다.

작년 말에 전교 회장 선거에 출마하면서 같은 반인 지평이를 러닝메이트로 지명하자 다들 놀랐다. 상상할 수 없는 조합이라나. 처음 지평이에게 이야기를 꺼냈던 날이 생생하게 기억난다. 1교시가 끝난 쉬는 시간이었다.

"지평아, 너한테 뭘 좀 제안하려고 해."

"제안이라니?"

"부회장 후보로 너를 지명하고 싶어."

"나를?"

나를 보는 지평이의 눈동자에 놀라움이 차올랐다.

사실 같은 반이라도 이야기를 나눠 본 것은 손에 꼽을 정도였다. 별로 친하지도 않고 평소에 잘 어울리지도 않는 아이에게 갑작스레 러닝메이트가 되어 달라고 했으니 놀랄 만도 했다. 솔직히 말해 나 자신에게도 모험이었다. 지평이는 아무 말도 하지 않고 한참 동안 눈만 깜빡거렸다. 망설이는 건가? 아니면 무슨 말인지 못 알아들은 건가? 역시 무리구나 하고 단념하려는 순간 그 애가 대답했다.

"좋아."

지평이는 단 두 글자로 많은 과정을 생략했다. 왜 내가 전교 회장 선거에 나가려고 하는지, 왜 자기를 러닝메이트로 선택했는지, 전교 회장단이 되면 우리 인생에 어떤 도움이 될지 등등 지평이를 설득하려고 잔뜩 준비하고 있던 내가 살짝 맥이 풀릴 정도였다.

그 후 우리는 열심히 선거 운동을 했다. 대개 내가 기획한 것을 설명하면 지평이가 동의하는 모양새였다. 지평이는 그런 애였다. 좋게 말하면 다른 사람 의견을 경청해 주고 잘 따라 주는 평화주의자, 나쁘게 말하면 자기 의견이 없는 허수아비. 지평이에게는 미안하지만 덕분에 선거 운동이 한결 수월해졌다. 매번 자신의 뜻을 내세우고 이의를 제기했다면 피곤했을 것이다.

부회장 후보로 지평이를 선택한 이유는 나의 단점을 보완해 줄 파트너가 필요했기 때문이다. 나는 어렴풋이 아이들이 나에 대해 느끼는 인상을 알고 있었다. 당차고 똑 부러지는 아이, 공부든 운동이든 뭐든지 열심히 하는 아이. 그러다 보니 나는 도전적이고 욕심 많고 지기 싫어하는 아이로 비쳤다. 그리고 아이들의 그런 시선 아래에는 비호감이 모난 자갈처럼 깔려 있었다. 이런 이미지를 덮어 줄 묘안이 필요했고 지평이가 눈에 들어왔다.

2학년 때 지평이와 수행 팀을 같이 한 적이 있다. 나는 언제나처럼 주도적이었고, 그런 나를 아는 아이들은 처음부터 의욕이 없었다. 팀원들은 '진희가 우리 팀이라 다행이야.'라며 나한테 다 맡기려 했다. 내가 전부 하다시피 한 숙제를 마무리하는데 하필 발표 전날 우리 집 프린터가 고장 났다. 선생님이 출력물을 한 부씩 뽑아 오라고 했는데……. 나는 아이들한테 SOS 메시지를 보냈고 답이 온 것은 지평이뿐이었다. 지평이가 다음 날 프린트를 해 온 덕분에 우리 조는 완벽히 과제를 마무리할 수 있었다. 그 일을 계기로 지평이에게 신뢰감이 생겼다.

지평이를 선택한 것은 신의 한 수였다. 처음에는 잠잠했다. 그러나 몇 차례 선거 운동을 하면서 '도박 커플'의 인기는 눈에 띄게 높아졌다. 리더십 넘치는 도진희와 부드러운 박지평의 조합이 화학 반응을 일으키기 시작한 것이다. 특히 지평이의 인기는 학년을 불문했다. 우리 학년뿐만 아니라 1학년들까지 잘생긴 부회장 후보에 관심을 가졌다. 나의 예상을 훨씬 뛰어넘는 반응이었다.

무난히 지지율을 끌어올리는가 싶더니 선거 운동 막판에 위기가 닥쳤다. 상대 후보 진영에서 학교 축제에 요즘 한창 인기 있는 전문 댄스 팀을 초청하겠다는 공약을 내세웠다. '왕따 없는 학교'를 슬로건으로 걸고 캠페인을 진행하더니 선거 직전에 돌발 카드를 내민 것이다. 관심이 그쪽으로 기울었다. 우리도 가만히 있을 수 없어서 긴급회의를 열었다. 그리고 고심 끝에 학생회가 주최하는 '커플 축제'를 열겠다는 공약을 걸었다. 단번에 관심을 끌었다. 재미있고 유쾌한 발상이라는 반응이었다. 결국 커플 축제는 댄스 팀을 이겼다.

문제는 선거에서 이긴 후였다. 몇몇 아이들이 말도 안 되는 사기 공약으로 당선되었다고 우리를 비난하면서 그런 의견에 동의하는 무리들이 점점 많아졌다. 상대 후보를 지지했던 아이들은 더 노골적으로 우리를 몰아세웠다.

사실 누가 '커플 축제' 의견을 처음 냈는지 모르겠다. 나와 지평이, 그리고 선거 준비를 같이한 친구들이 모여 회의를 하던 중 누군가가 농담처럼 던진 이야기에서 시작된 것 같다. 장난스럽게 꺼낸 의견에 다들 '그거 좋다!'라며 맞장구를 쳤고 뭐든 해 보자는 심정으로 공약에 넣은 것이다. 그때는 이런 문제가 생길 줄 몰랐다.

'커플 축제 공약은 잊어버리자.'

평소 의견이 없는 지평이도 이 문제에 대해서만큼은 의견을 냈다. 선거 때야 뭐라도 해 볼 만한 건 다 해 본다는 생각이었지만 사실상 불가능한 일이라는 것이다. 솔직히 그 말이 맞다. 하지만 나는 지키지도 못할 공약으로 선거에 이긴 사람이 되고 싶지 않았다.

건의함 바닥에 남아 있던 마지막 쪽지를 폈다. 펴는 순간 한숨이 나왔다. 쪽지 한가운데에는 불만을 가득 담은 글씨가 호통을 치듯 나를 노려보고 있었다.

도박 커플 사퇴해라!

수업이 끝나고 학생회 임원들이 모두 모였다. 나와 지평이, 홍보부장을 맡은 상준이, 선도부장인 승민이, 문화부장 소영이, 체육부장 혜수. 여기까지가 3학년이고 홍보부 차장을 맡은 2학년 서영이와 문화부 차장을 맡은 2학년 석진이도 끼었다.

"반응이 별로 안 좋아."

승민이가 먼저 말을 꺼내자 기다렸다는 듯이 지평이가 덧붙였다.

"건의함에 반대 의견이 잔뜩 들어 있더라고."

"그거 우리 반 애들이 한 거야. 반대하는 애들이 몇 장씩 써서 넣어 놨대. 자세히 보면 비슷한 글씨체가 많아."

혜수가 못 말린다는 듯 고개를 저으며 말했다.

"굳이 왜 그렇게까지 하는 거야?"

소영이가 의아한 얼굴로 물었다.

"글쎄, 장난 반, 진심 반이라고 봐야지."

"그렇다면 소수 의견 아니야?"

내가 묻자 혜수가 애매한 표정으로 고개를 끄덕였다.

학기 초에 우리는 회의를 통해 공약으로 내걸었던 커플 축제를 추진하기로 결정했다. 의견이 갈리긴 했지만 찬성하는 쪽이 다수였다. 반대하는 쪽은 승민이, 서영이, 지평이였다.

"아이들 의견이 분분해. 커플 축제, 죽어도 반대한다는 애들도 있고 재미있을 것 같다고 꼭 하자는 애들도 있어. 그런가 하면 선거 공약 지키나 보려고 벼르는 애들도 있지. 대다수는 '설마 그걸 할 수 있겠어?' 이렇게 생각하는 것 같아."

소영이가 차분하게 말을 이었다. 나는 어젯밤 만든 커플 축제 세부 계획서를 내밀었다. 지난번에 만든 대략적인 계획서에 덧붙여 조금 더 자세하게 우리가 해야 할 일들을 정리했다. 이걸 만드느라고 어젯밤 학원 숙제도 못 하고 잠도 제대로 못 잤다.

"우리가 각자 분담할 것들을 생각나는 대로 써 봤어. 읽어 보고 빠진 것 있으면 얘기해 줘."

계획서를 읽는 아이들의 얼굴이 점점 심각해졌다.

"이걸 우리가 해야 한다고?"

"포스터 만들기, 콘텐츠 짜기, 커플 인증? 이런 것도 해야 하나?"

"교장 선생님 면담? 이건 뭐야?"

아이들이 내용을 보면서 이것저것 물었다. 아무래도 자신들이 구체적으로 할 일이 생기자 부담스러운 듯했다.

"선생님들한테 정식으로 말씀드리고 협조 요청 하는 건 나랑 지평이가 맡을게."

승민이가 자신 없는 목소리로 내게 물었다.

"선생님들이 허락해 주실까?"

"우리 축젠데 왜 허락을 구해? 우리가 뭐 나쁜 짓 하는 것도 아니고."

혜수가 나서서 대답했다. 늘 확실하게 말해 주는 혜수에게 고마웠다.

"야, 그래도 커플 축제 열겠다고 하면 미쳤다고 할걸?"

"넌 지금 어느 시대 사니? 누가 요즘 그렇게 생각해?"

승민이와 혜수는 평소에도 의견이 많이 다른데 이번 일도 마찬가지였다. 둘이 티격태격하자 모두 한마디씩 하면서 소란스러워졌다. 나는 가만히 한숨을 삼켰다. 이런 분위기로 잘할 수 있을까?

우리끼리 말싸움만 하다가 아무 준비도 못 하는 것 아닐까?

"우리끼리 이러면 어떡해? 우리가 결정한 거니까 책임감 가지고 잘해 보자. 그리고 이미 여론 조사도 했잖아. 찬성 쪽으로 결과가 나왔고."

내가 정색하며 이야기하자 승민이가 불만이 가시지 않은 얼굴로 말했다.

"물론 여론 조사는 그렇게 나왔지. 하지만 반대하는 의견도 만만치 않아. 무엇보다 나부터도 커플 축제의 의미를 모르겠어. 이걸 해서 뭐가 좋은 거지? 무슨 의미가 있는 거야? 날 먼저 설득해 봐. 왜 해야 하는지."

힘이 빠졌다. 이렇게 문제 제기를 하면 진짜 할 말이 없다. 이번 일은 그럴듯한 의미가 떡하니 기다리고 있지 않다. 없는 의미를 우리가 만들어야 한다. 그걸 몰라서 이야기하는 걸까? 다른 때라면 열의를 다해 승민이를 설득하려고 했을 것이다. 우리의 목표에 대해, 우리가 가야 할 방향에 대해. 그런데 오늘은 말이 나오지 않았다. 잠이 부족한 탓인지 눈이 뻑뻑하고 뒤통수가 무거웠다.

회의는 썰렁한 분위기로 끝났다. 내가 아무 말도 하지 않자 다들 눈치만 보다가 바쁘다고 일어났다. 지평이가 마지막으로 일어났다. 나를 기다리는 것처럼 회의실 문 앞에 잠시 서 있더니 내가 일어나기 전에 그냥 가 버렸다.

"진희야, 커플 축제 하는 거 맞지? 애들이 자꾸 안 할 거라고 해서."

3반 아이들 몇몇이 커플 축제에 대해 물었다. 뭐라고 말해야 할지 난감했다. 나 자신도 잘 모르기 때문이다. 그렇다고 전교 회장이 모른다고 할 수도 없는 노릇이다.

"아, 그게 말이야. 지금 준비 중이야……."

나는 책상 위에 둔 책을 챙기면서 바쁜 척을 했다. 명확한 답을 내놓을 수 없을 때는 피하는 게 상책이다.

"준비 중이면 하는 거지? 안 할 수도 있어?"

아이들은 집요하게 내 얼굴을 바라보며 물었다.

"……."

대답하기 싫다. 아니, 대답을 모른다. 나는 말을 빙빙 돌리다가 대충 얼버무리고는 도망치듯 화장실로 향했다. 몇몇 애들은 화장실에 갈 때도 단짝이랑 같이 다니지만 난 그러지 않는다. 굳이 단짝이 있어야 한다고 생각하지 않는다. 혼자 다니는 것이 편하다. 화장실에 갈 때도 마찬가지다. 가끔 교실에서 답답한 마음이 들 때면 쉬는 시간에 잠시 화장실에 앉아 있을 때가 있다. 쾌적한 쉼터는 아니지만 아무도 없는 곳에 혼자 있으면 마음이 편해진다.

그런데 이번에는 그마저도 안 될 것 같다. 화장실 문이 열리면서 왁자지껄 떠드는 소리가 문 안으로 밀려들어 왔다. 목소리가 익숙하다 했더니 조금 전에 나한테 왔던 3반 아이들이었다. 나는 꼼짝없이 변기에 앉아 갇힌 신세가 되었다.

"그래서 커플 축제를 한다는 거야 안 한다는 거야?"

"그러게. 회장단도 아직 모르는 거 아냐?"

"하게 되면 빨리 준비해야 하는데."

"뭘?"

"당연히 남자 친구지. 축제 가려면 남친부터 만들어야 되잖아."

한 아이가 이렇게 말하자 다른 아이들이 까르르 웃었다.

제발 좀 교실로 가라고 속으로 중얼거리는데 누군가의 말이 귀에 걸렸다.

"고백할 애가 있긴 해?"

"당연히 있지."

"진짜? 누군데?"

그러자 상대가 잠시 망설이는듯 하더니 목소리를 살짝 낮추며 대답했다.

"아무한테도 말하면 안 돼."

"고백하면 어차피 다 알게 될 텐데 뭘 숨겨?"

"헤헤. 그렇네. 지평이한테 할 거야."

"지평이? 걔 여친 있지 않아?"

"없을걸."

그러고 보니 지평이는 지금 떠들고 있는 애들과 같은 반인 3반이었다.

"사귀는 애 있었잖아."

"언제 적 얘기를 하고 있어? 깨진 지 한참 됐어."

"왜?"

"상대방이 일방적으로 좋아한 거잖아. 지평이는 끌려가다시피 사귄 거지."

"걔랑 깨진 후에 또 있지 않아?"

화장실 문 밖의 수다에 귀를 기울이는데 종이 울렸다. 우르르 화장실을 빠져나가는 소리를 들은 후에야 나도 변기 위에서 탈출했다.

교실에 돌아왔지만 수업에 집중할 수 없었다. 그래서 지평이는 여자 친구가 있는 걸까, 없는 걸까? 이 생각만 머릿속을 맴돌았다. 그러고 보니 자주 보는 사이인데도 지평이에게 여자 친구가 있는지 없는지 모르고 있었다. 나름으로는 러닝메이트인데 그것도 모르는 내가 한심하게 느껴졌다. 게다가 작년에 지평이랑 같은 반이었을 때도 몰랐다. 혹시 다른 애들은 다 아는데 나만 모르는 걸까? 지평이 정도 인기면 사귀는 친구가 있을 법도 한데.

이런저런 생각에 빠져 있느라 수업 시간이 훌쩍 지나갔다. 바른 자세로 앉아 칠판을 보려고 해 봤지만 선생님의 설명이 귀에 들어오지 않았다.

'정신 차려! 여기 어려운 부분이잖아!'

나는 집중하려고 애쓰다가 문득 이상하다는 생각이 들었다. 지평이에게 여자 친구가 있는지 없는지 왜 신경이 쓰일까? 아무리 자세를 똑바로 하려 해도 기우뚱거리는 쪽배에 올라탄 기분이었다. 가만히 앉아 있는데도 세상이 자꾸 이쪽으로 기울었다가 다시 저쪽으로 기울어졌다. 결국 남은 수업 시간을 멀미하는 기분으로 보내고 말았다.

내가 왜 이럴까? 요즘 들어 학교 수업에 집중을 못하고 학원에 가서도 조는 일이 늘었다. 학원 숙제를 못 해 가서 선생님들한테 지적을 받기도 했다. 그동안 특목고 입학을 목표로 한눈팔지 않고 달려 왔다. 매 시험 때마다 최선을 다했고 봉사나 수행도 열심히 챙겼다. 하지만 요사이 자꾸만 힘에 부쳤다. 3학년 1학기 중간고사까지는 그럭저럭 선방을 해 온 성적이 기말에 떨어지고 말았다. 2학기에는 반드시 만회해야 한다. 그런데도 이렇게 정신을 놓고 있다니 스스로가 한심하기 짝이 없다.

나에게는 롤 모델이 있다. 바로 희주 언니다. 희주 언니는 우리 언니의 중학교 친구인데, 입시 실적이 좋기로 유명한 특목고를 나와 올해 명문 대학에 진학했다. 내가 목표로 삼은 학교도 그곳이다. 가끔 희주 언니의 SNS 계정에 들어가 보곤 하는데 그때마다 정말 부러웠다. 언니는 대학 캠퍼스를 배경으로 한눈에 봐도 멋진 친구들과 함께 환하게 웃고 있었다. 처음에는 희주 언니를 사진 속에서 찾지 못했다. 대학에 들어가더니 완전히 다른 사람처럼 변했기 때문이다. 애벌레가 탈바꿈하여 나비가 된 모습이었다. 늘 구부정하던 허리는 언제 그랬냐는듯 펴져 있었고 대외 활동에 해외 탐방에, 사진 속 언니에게 반짝반짝 빛이 났다.

그에 비하면 우리 언니는 아직도 동면 중인 곰이다. 고등학교 때와 똑같은 모습으로 재수 학원에 다니고 있다. 언니는 중, 고등학교 시절을 아이돌을 쫓아다니며 보냈다. '입덕'과 '탈덕'을 반복하며 새로운 흥밋거리를 찾아다녔다. 그렇게 해서 언니에게 남은 건 뭘까? 책장 위에 쌓인 철 지난 굿즈들? 남의 인생을 제 것인 양 울고 웃으며 보낸 추억들? 아무리 정성을 다해도 알아봐 주지 않는 새우젓 인생? 언니는 소중한 추억이 생긴 것에 만족한다며, 추호도 후회하지 않는다고 말하지만 나는 그렇게 되기는 싫었다. 언니처럼 아무것도 아닌 초라한 곰이 되고 싶지 않았다.

작년에 회장 선거를 할 때만 해도 자신이 있었다. 성적도 그럭저럭 받아 놨고 교내 수상 경력도 부족하지 않게 갖추었다. 내게 필요한 것은 리더로서의 자질과 인성을 증명하는 일이었다. 그래서 롤 모델인 희주 언니처럼 전교 회장에 출마했고 당선되었다. 그때까지만 해도 아무 이상 없었다. 한눈팔지 않고 앞을 향해 달려가면 되었다. 하지만 3학년이 시작되고 봄과 여름을 지나는 동안 왠지 모르게 자꾸 걸음을 멈추고 망설이게 된다.

왜 이렇게 된 걸까? 가슴이 답답해지고 한숨이 나온다. 아무도 듣지 못하게 조그맣게 중얼거렸다.

'바보 같아.'

수업이 끝난 후 홍 샘으로부터 교장실로 오라는 연락을 받았다. 나는 지평이와 함께 교장실로 갔다. 홍 샘과 교감 선생님이 먼저 와서 기다리고 있었다. 우리가 들어가자 심각한 얼굴로 커플 축제 제안서를 들여다보던 교장 선생님이 기다렸다는 듯이 말했다.

"학생회 의견을 좀 들어 보고 싶어요."

홍 샘이 나를 보며 응원한다는 눈빛을 보냈다. 나는 준비했던 것들을 이야기했다. 요즘 아이들의 최대 관심사를 통해 학생들의 자발적 참여를 높이겠다, 지나친 경쟁 때문에 위축되고 상처 받은 아이들이 자신의 감정을 표현할 기회를 마련하겠다 등등. 나는 여러 번 연습한 내용을 잘 준비된 연설문 읽듯 이어 갔다. 교장 선생님은 미간을 살짝 찌푸린 채 내 말을 듣다가 갑자기 질문을 던졌다.

"지평이 의견은 어때?"

갑자기 질문을 받은 지평이가 당황한 기색으로 나를 바라봤다.

"저, 저는……."

순간 긴장했다. 지평이는 내내 나와 입장이 달랐다. 반대 의견을 이야기하면 모든 게 끝이다. 나는 곁눈질로 지평이를 바라보았다. 지평이가 입술을 달싹거리며 뭐라고 말할지 망설이고 있었다.

"그러니까, 저는……."

"그래, 네 의견은 뭐냐고?"

교장 선생님이 재촉하듯이 말했다.

"아, 그, 그게…….."

나는 나도 모르게 입술을 깨물며 발밑에 시선을 떨어뜨렸다.

"저, 그러니까, 저도 같은 의견입니다."

지평이는 말을 더듬다가 같은 의견이라고 얼버무렸다. 나는 그제야 눈치챘다. 갑작스러운 교장 선생님의 질문에 얼어 버린 것이다. 지평이는 말주변이 없다. 특히 어려운 상대나 여러 사람들 앞에 서면 더욱 그랬다. 선거 운동을 할 때도 연설은 매번 내가 담당했다. 지평이는 옆에서 손을 흔들거나 박수를 쳤다. 지평이의 이런 성격이 지금으로서는 다행이었다.

나는 속으로 안도의 한숨을 내쉬었다. 가만히 듣고만 있던 교감 선생님이 입을 열었다.

"솔직히 커플 축제는 문제점이 너무 많아요. 일단 커플 축제를 하기에 나이가 너무 어리고, 무슨 문제라도 생기면 그 일을 해결할 힘이 없고요. 그리고 학교 축제가 없는 것도 아닙니다. 엄연히 오진중학교에서 주최하는 '오진제'가 있으니 말이죠. 물론 학생들이 나서서 직접 기획하고 진행하는 행사를 해 보는 것도 나쁘진 않겠지만, 이건 마치 학교에서 커플을 권장하는 것처럼 보일 수도 있고 부모님들이 항의할 가능성도 있어요."

교감 선생님은 잠시 말을 멈추고 한숨을 쉬더니 다시 이어 갔다.

"그리고 모든 걸 양보한다 치더라도 커플 축제에 몇 명 정도나 참여할 수 있을까요? 커플인 학생들이 몇 명인지 사전 조사는 해 봤나요?"

교감 선생님이 조목조목 따지는 바람에 나는 아무 말도 하지 못하고 멍하니 앉아 있었다. 교장 선생님은 그제야 입가에 미소를 지었고 지평이는 머리를 한 대 맞은 표정이었다. 생각해 보지 않은 것들이 아니다. 학생회 임원들과 여러 번 이야기했던 문제들인데 결론이 나오지 않았을 뿐이다. 그저 입씨름만 하고 말았다. 하지만 더 이야기한다 해도 답은 얻지 못했을 것이다. 처음부터 답을 내기 어려운 문제였다. 역시 안 되는 일인가? 잠시 어색한 침묵이 흘렀다. 그 침묵을 깬 사람은 홍 샘이었다.

"저는 아무도 시도하지 않은 걸 해 보려는 패기를 높이 사고 싶어요. 아이들이 '그건 당연히 안 돼', 이렇게 생각하는 게 아니라 '왜 안 돼?' 이렇게 생각했으면 좋겠어요. 되는 방법을 찾아보는 거죠. 자꾸 '커플'이라는 말에 집중하고 있지만 시선을 조금 달리하면 다른 의미도 찾을 수 있지 않을까 싶어요."

갑작스러운 홍 샘의 지원 사격에 어안이 벙벙해졌다. 홍 샘은 한 마디 보탰다.

"그리고 이건 선거 공약이잖아요. 공약으로 걸고 당선되었어요. 전교생을 대상으로 한 약속인데 지켜야죠."

교장 선생님이 미간을 찌푸린 채로 고개를 갸웃거리며 제안서를 뒤적였다. 그러고는 오류가 난 시험 문제를 바라보는 얼굴로 덧붙였다.

"이 문제는 다른 선생님들과도 의논해 봤으면 좋겠는데……."

그러더니 나와 지평이를 번갈아 보며 말했다.

"나중에 다시 이야기하자."

나는 어쩔 수 없이 고개를 끄덕였다. 우리는 무거운 발걸음으로 교장실을 나왔다.

교장 선생님과의 면담 결과를 들은 아이들은 제각각의 반응을 보였다. 그럴 줄 알았다든가, 실망이야, 또는 그건 아니잖아, 등등.

"다른 선생님들도 당연히 반대하는 거 아니야?"

소영이가 걱정스러운 얼굴로 물었다.

"그럴 가능성이 높긴 하지만 홍 샘 같은 분들도 계시니까……."

내가 대답하기 무섭게 2학년 서영이가 감동받은 표정으로 말했다.

"홍 샘, 멋져요. '당연히 안 돼!'가 아니라 '왜 안 돼?'라고 생각하라!"

학기 초에 서영이는 커플 축제에 반대하는 쪽이었는데 이제는 생각이 바뀐 것 같았다. 그러고 보니 요즘 뭔가 분위기가 달라졌다. 얼마 전까지도 '오션'이라는 아이돌에 빠져서 학생회에 통 집중을 못했는데 요즘에는 회의에도 잘 참석하고 자세도 적극적이다. 그나마 다행이다. 하긴 나도 홍 샘의 다른 면을 발견했다. 썰렁한 농담 뒤에 숨어 있는 근사한 무언가를 엿본 느낌이랄까.

"좋아. 다음에는 모두 같이 교장 샘을 만나러 가자. 우리의 의지를 보여 주는 거야. 이번엔 계획을 좀 더 세밀하게 짜 보자."

혜수가 눈빛을 반짝거리며 말했다. 우리는 또 다른 안건들, 커플 축제에서 진행할 행사와 커플 인증 방법에 대해 구체적으로 이야기를 나눴다. 회의가 한창 무르익는데 아까부터 아무 말도 하지 않던 승민이가 폭탄선언을 했다.

"미안한데 나는 빠질래."

모두가 놀라서 승민이의 얼굴을 바라봤다.

"이 일에 참여하고 싶지 않아."

승민이는 누가 말릴 사이도 없이 일어나 회의실을 나갔다. 갑작스러운 승민이의 행동에 당황했지만 전혀 예상하지 못했던 일도 아니었다. 다들 풀이 죽어서 한동안 말이 없었다.

커플 축제에 반대했던 승민이, 서영이, 지평이. 그러고 보니 지평이도 적극적으로 의견을 내지 않았다. 나는 조마조마한 마음으로 지평이를 바라보았다. 나뿐만 아니라 모두가 지평이의 의견을 듣고 싶어 하는 눈치였다. 지평이도 분위기를 알아챘는지 남들보다 두 배는 길어 보이는 속눈썹을 천천히 껌뻑거리더니 느릿느릿 입을 열었다.

"음, 그게 말이야."

나는 간절한 마음으로 귀를 기울였다. 지평이가 승민이처럼 자리를 박차고 나가 버리면 나도 더 이상 버텨 낼 힘이 없다.

"어느 쪽이든, 한쪽으로 갈 길을 정했으면, 거기를 향해, 최선을 다해, 달려가는 수밖에 없어······."

조심조심 말을 이어 가던 지평이가 입을 다물자 아이들이 '와아아' 하고 회의실이 떠나가라 탄성을 질렀다.

"박지평 멋져!"

혜수가 크게 소리를 지르며 좋아했고 상준이는 지평이의 어깨를 툭툭 두드렸다. 그리고 석진이는 지평이와 하이파이브를 했다. 나는 그제야 속으로 긴 한숨을 내쉬며 중얼거렸다. 고마워, 지평아. 네가 빠지면 나는 이쯤에서 주저앉고 말았을 거야.

그다음부터 우리는 좀 더 신이 나서 축제 준비를 했다. 처음에는 아무것도 없어서 막막했지만 시간이 지날수록, 우리가 머리를 맞대고 고민할수록 좋은 아이디어가 쌓여 갔다. 몇 번의 회의를 거치자 어느새 축제 프로그램도 얼추 구색을 맞추었다. 서로에 대해 얼마나 많이 아는지 겨루는 커플 골든벨, 커플 장기 자랑 등등. 출연진 섭외에 몇몇 아이들이 흔쾌히 응해 주었다.

"우리 오빠가 수련회 가서 한 건데 말이야. 우선 마니또를 정한 다음에, 마니또에게 어떤 질문을 하고 대답을 듣는 거였대. 처음에는 별거 아닌 거처럼 생각했는데 막상 해 보니까 정말 좋았대. 그 친구에 대해서 새롭게 아는 기회가 되고 자신에 대해 돌이켜 보는 시간도 되고······."

고등학생 오빠가 있는 소영이는 생각이 깊고 차분했다. 그래서 그런지 소영이가 이야기를 시작하면 모두가 귀를 쫑긋하고 들었다. 상준이가 물었다.

"어떤 질문을 하는데?"

"꿈이나 고민 같은 거. 평소에는 진지하게 털어놓기 어려운 것들 말이야."

소영이의 대답에 모두가 알 듯 말 듯 하다는 표정을 지었다. 꿈, 고민, 사춘기, 방황……. 청소년기를 대변하는 말이기는 하지만 너무 많이 들어서 식상하다. 그럼에도 진지하게 생각해 볼 기회는 없었던 말들이기도 하다.

"나는 좋은 것 같아. 재미있는 코너가 있으면 의미 있는 코너도 있어야지. 어떤 질문을 하면 좋을지 각자 골라서 이야기해 보자."

혜수가 시원시원하게 제안했다. 다들 고개를 끄덕였다. 준비를 하면서 배운 것이 그거였다. 아무것도 없는 상태에서도 자꾸 고민하고 두드리면 근사한 답이 탄생한다는 것.

행사를 진행하는데 가장 애매한 것이 커플 인증이었다. 두 사람이 커플이라는 사실을 어떻게 증명할 것인가? 본인들이 커플이라고 말하면 인정? 이 방법은 모두 반대했다.

"당장 나라도 커플 인증 할 수 있겠다. 그렇게 되면 커플 축제가 아니지."

모태 솔로임이 분명한 상준이가 마뜩잖은 얼굴로 말했다. 역시 쉽지 않은 문제다. 그러면 증거가 있어야 인정? 같이 찍은 사진이나 주고받은 문자 제시? 다들 이렇게 저렇게 머리를 굴리며 어떤 방법이 좋을지 이야기하는데 누군가 회의실 문을 두드렸다. 잠시 후 문이 빠끔히 열리며 홍 샘이 얼굴을 내밀었다.

"얘들아, 내일 수업 끝나고 교장실!"

아이들이 일시에 조용해졌다. 운명의 날이 다가온 것이다. 홍 샘이 분위기를 눈치챘는지 주먹을 쥐며 파이팅을 외치고 사라졌다. 우리는 서로 비장한 눈빛을 교환했다. 내일 허락을 받지 못하면 그동안의 수고는 물거품이 된다.

"갈 길을 정했으면!"

혜수가 외치자,

"최선을 다해 뛰어가자!"

아이들 모두가 받아서 대답했다. 그 모습을 보며 지평이가 쑥스러운 듯이 씨익 웃었다.

"요즘 뭔가 이상한데?"

오랜만에 마주친 언니가 동면 중에 잠시 세상에 나온 곰 같은 얼굴로 이렇게 말했다. 재수 학원이 새벽에 시작해 밤늦게 끝나는 곳이어서 집에서 언니를 만나려면 타이밍이 잘 맞아야 했다. 처음 재수 시작할 때보다 살이 더 불었는지 추리닝마저도 빵빵해 보였다. 그런데 그 모습이 우습다기보다 왠지 모르게 안되어 보였다. 피곤한 듯 눈을 비빈 언니가 사립 탐정이라도 된 듯 민첩하게 눈알을 굴리며 캐물었다.

"너, 연애하냐?"

"뭐?"

"하긴 네가 그런 재주는 없을 것 같다만……."

노래 가사와 팬픽으로 연애를 배운 언니가 독심술을 펼칠 것 같은 표정으로 나를 바라보았다.

"그래도 뭔가 심상치 않네. 분위기! 그렇지! 분위기가 달라."

실없는 소리 하지 말고 씻기나 하라는 엄마에게 떠밀려 욕실로 가면서도 언니는 계속 중얼거렸다. 내 눈은 못 속여, 내 눈은 못 속인다고.

"언니, 이제 헛것이 보이나 보다."

나는 엄마를 보며 피식 웃었다. 엄마의 입꼬리가 스르르 풀리는가 싶더니 이내 나를 바라보는 눈에 힘이 꽉 들어갔다. 그러더니 매일 듣는 레퍼토리를 시작했다.

"너는 절대 안 돼. 한 번에 합격! 둘 다 재수는 못 시킨다."

"그게 내 맘대로 돼? 그만 좀 해."

점점 더 길어지려는 엄마의 푸념을 뒤로하고 방으로 들어와서 침대 위에 누웠다. 장난이었지만 언니의 말이 귀에서 떠나지 않았다.

'연애하냐?'

치, 내가 언니 같은 줄 아나? 쓸데없는 일에 정신 팔려서 세월 다 보내고 저게 뭐야? 재수하면 대학 가는 거 맞아? 속으로 구시

렁대며 언니 말을 무시하려 했지만 잘 되지 않았다. 오히려 갑자기 언니랑 얘기하고 싶었다. 평소에 언니가 뭐라도 말을 걸려 하면 내가 먼저 핑계를 대고 도망 다녔다. 매일 똑같은 일상을 겪는 언니와의 대화는 지루했으니까. 그런데 오늘만큼은 언니랑 얘기하고 싶었다. 무언가 무거운 것이 내 가슴에 얹어져 있는 것처럼 답답하다고, 언니도 이런 적 있느냐고 물어보고 싶었다.

다음 날 점심을 빨리 먹고 회의실에 모였다. 소영이가 어젯밤 오빠의 도움을 받아 더 구체적으로 행사 내용을 정리해 왔다. 현실에도 이런 바람직한 남매 사이가 있다니.

"이 부분은 네가 설명드리면 좋겠는데?"

내 의견에 소영이는 잠시 망설이는 표정이었지만 금세 승낙했다.

"이 코너가 우리 행사에서 가장 핵심적인 것 같아. 이름도 그럴듯하게 지으면 좋겠다."

그러자 아이들이 이런저런 이름을 댔다. 커플 탐구? 커플에게 묻는다? 너에게 묻는다? 네 꿈을 말해 봐! 다들 한마디씩 꺼내다가 서영이가 한 말에 모두 떠들기를 멈췄다.

"내 짝을 부탁해."

아이들이 신선하다며 고개를 끄덕였다. 나도 지금까지 나온 것 중에서 가장 괜찮다는 생각이 들었다. 언뜻 들었을 때는 무슨 말인지 잘 모르겠지만 그래서 더 여러 가지 뜻으로 해석할 수 있는 것 같았다.

"제가 좋아하는 아이돌 노래예요."

서영이가 자랑스러운 얼굴로 대답했다. 서영이가 좋아하는 아이돌이라면 '오션'을 말하는 것 같은데. 언니도 오션을 좋아한 적이 있었다. 열광적으로 좋아하다 어느 순간 다른 팀에 빠져 버렸다. 그런데 그런 노래가 있는 줄은 몰랐다. 혹시 들으면 아는 노래일까?

그때 혜수가 눈을 빛내며 말했다.

"이거 우리 축제 이름으로 하면 어때?"

아이들이 무슨 말인가 하는 얼굴로 혜수를 바라보았다.

"커플을 우리말로 바꾸면 뭐야? 짝이잖아. 그러니까 우리 축제 이름에 '짝'에 대해 진지하게 알아보자는 의미를 담자고."

"커플과 짝은 엄연히 다르잖아?"

내가 묻자 혜수가 대답했다.

"다르지. 그동안 우리가 너무 커플이라는 말에 빠져 있었던 것 같지 않아?"

그러자 아이들이 하나둘 고개를 끄덕이기 시작했다. 맞는 말이었다. 커플 축제라는 말 안에서 맴돌기만 하고 조금 더 넓게 볼 생각은 하지 못했다.

"그렇네. 커플과 짝은 같은 의미로 쓰이기도 하지만 분명히 달라. 우리가 선택해야 해. 축제의 방향이 달라지는 거야."

상준이의 말에 석진이도 덧붙였다.

"짝으로 바꾸어 생각하니까 조금 더 의미가 넓어진 것 같아요."

다들 새로운 방향에 찬성했다.

"그럼 남은 시간 동안 각자 고민해 보고 수업 끝난 후 다시 만나서 결론을 내자. 교장실 가기 전까지 결정하자."

내 말에 아이들이 모두 동의했다. 우리는 각자의 교실로 흩어졌다. 잠시 후 점심시간이 끝나는 종이 울렸다. 짧은 시간이었지만 우리가 가던 길의 방향을 크게 수정한 순간이었다.

두 시간 후 회의실에 다시 모인 우리는 '커플'을 '짝'으로 바꾸기로 합의했다. 나와 소영이는 재빨리 교무실로 가서 행사 이름을 바꾸어 계획서를 출력했다.

"내 짝을 부탁해"

계획서를 프린트하니 더 그럴듯해 보였다. 소영이와 나는 만족스러운 얼굴로 서로를 마주봤다.

학생회 임원 모두가 교장실로 들어가자 교장 선생님은 깜짝 놀란 기색이었다. 얘네들이 무슨 꿍꿍이일까? 그렇게 생각하는 것 같았다.

"여러 선생님과 상의했는데 다들 걱정하셨어요. 일단 커플이라는 말이 학생과는 어울리지 않는다는 의견이 있었고, 행사 세부 내용에 대해서도 선생님들과 상의해야 하고 또……. 아, 맞아, 행사

중 안전 사고에 대비해서 학생부 선생님의 지시에 따른다고 약속해야 돼요."

교장 선생님은 중언부언하며 우리가 지켜야 할 항목에 대해 읊었다. 그러고 보니 교장 선생님도 여론을 의식하는 것 같았다. 만약 교장 선생님이 커플 축제를 못하게 막으면 비판하는 목소리가 상당히 거셀 것이다. 어찌 되었든 커플 축제를 기대하는 학생들도 많으니까. 그래서 다른 선생님들의 의견을 동원해서 우리가 스스로 포기하도록 만들고 싶었던 것이다.

교장 선생님이 이야기를 멈췄을 때 나는 준비한 계획서를 내밀었다. 계획서 앞 장에는 "내 짝을 부탁해"라고 쓰여 있었다. 교장 선생님과 교감 선생님, 그리고 홍 샘의 눈이 커졌다. 우리는 서로서로 눈을 마주치며 빙그레 웃었다.

"언니, 아이디어 좀 줘."

심야 자습을 마치고 열두 시가 다 되어 돌아온 언니는 가방을 방바닥에 내팽개치고 침대에 털썩 누웠다. 내가 프린트한 축제 계획서를 눈앞에 내밀자 언니는 손사래를 쳤다.

"야, 치워, 치워. 종이는 보고 싶지 않아."

씻고 누우라는 엄마의 잔소리가 방문 밖에서 들렸다. 엄마는 보지 않고도 방 안에서 일어나는 일을 귀신같이 안다.

"이거 뭐야?"

치우라면서도 언니는 한쪽 눈을 살짝 뜨고 물었다. 나는 이때다 싶어 얼른 이야기했다.

"축제 타이틀이야."

"어디서 들어 본 말인데?"

언니가 뭔가를 생각해 내려는 표정을 지었다.

"오션 노래야. 언니 좋아했잖아."

"아! 오션. 이제는 뭐 다 추억이지. 어쨌든 그 노래는 좋아."

언니는 지난 사랑의 추억을 되씹는 사람처럼 그윽한 눈빛으로 책장 위의 철 지난 굿즈들을 바라봤다.

"무슨 축젠데 제목이 그래?"

"우리 학교에서 학생회 주최로 축제를 열거든. 원래는 커플들이 참여하는 커플 축제였는데 짝과 함께 참여하는 행사로 바꿨어."

언니가 누운 채로 팔다리를 쭉 뻗으며 말했다.

"뭐? 커플 축제? 야아, 세상 좋아졌다. 나도 지금 중학교를 다녀야 하는데. 너무 빨리 태어났어."

"커플이 아니라 짝으로 바뀌었다니까. 짝과 함께 참여하는 행사로. 근데 문제가 있어. 서로가 서로에게 소중한 짝이라는 것을 인증하는 과정을 거치려고 하는데……."

하지만 언니는 내 질문 따위는 안중에도 없었다. '커플'이라는 말에 꽂혔는지 이상한 말을 중얼거리다가 갑자기 정신이 든 사람처럼 벌떡 일어났다.

"잠깐! 그럼 너도 남친 있어?"

언니가 순식간에 치고 들어오는 바람에 당황했지만 나는 강력히 부인했다.

"아니, 없어. 그런 게 아니라니까."

하지만 언니는 내 눈을 뚫어져라 들여다보며 고개를 절레절레 흔들었다.

"아냐, 아냐, 뭔가 있는데? 내가 요즘 바빠서 신경을 못 썼더니 그사이 일이 벌어졌구나."

언니가 말도 안 되는 소리를 한다고 생각하면서도 이상하게 얼굴이 확 달아올랐다.

"엉뚱한 소리 말고 대답이나 해 줘. 짝 인증 어떻게 하면 좋을까? 언니, 이런 아이디어 잘 내잖아."

"어어? 얘 얼굴 빨개지는 거 봐. 누군데? 누군데?"

나는 급히 언니 손에서 종이를 빼앗아 방을 나왔다. 언니의 말이 달아오른 내 귓등에 닿았다.

"야! 그냥 솔직히 말해. 사랑이 죄냐?"

내 방으로 돌아와 책상 앞에 앉았다. 내일까지 해야 할 학원 숙제가 몇 시간째 똑같은 페이지에 멈춘 채 펼쳐져 있었다. 이대로라면 내일도 숙제는 못해 갈 게 뻔했다.

두 손으로 뺨을 감쌌다. 손바닥에 미열이 전해졌다. 하지만 진짜 문제는 뺨이 아니라 심장이었다. 심장이 쿵쿵 뛰며 이상하게 아팠다. 통증이 느껴지는 것이 아니라 뭔가가 가슴에 콱 막혀 있는 느낌이다. 이러다가 숨을 못 쉬는 거 아닐까? 나는 심호흡을 길게 내뱉어 봤지만 콱 막힌 느낌은 그대로였다.

'솔직히 말해.'

언니의 말이 머릿속에서 계속 맴돌았다. 솔직히 말해 볼까? 마음속의 내가 물었다. 그러자 또 하나의 내가 맞선다. 뭘 솔직히 말해? 다른 목소리가 대답했다. 지평이에게 말이야…….

나는 일어나서 찬물로 세수를 했다. 책상에 앉아 이를 악물고 학원 교재를 다시 펼쳤다. 오늘은 밤을 새워서라도 숙제를 다 하겠다고 결심했다.

다음 날 아침, 등굣길 바람이 제법 차가웠다. 이제 겨울이 부쩍 다가온 것이다. 커플 축제가 가까워졌다는 의미이기도 하고 특목고 입시가 시작되었다는 뜻이기도 했다.

결국 커플 인증은 두 사람이 서로에게 소중한 짝이라는 사실을 입증하는 사진을 보여 주는 쪽으로 가닥을 잡았다. 한마디로 그냥 둘이 찍은 사진만 있으면 되는 것이다. 휴대폰이 없거나 압수당해서 인증이 불가능한 경우에는 증인을 세우기로 했다. 누군가 두 사람이 짝이라고 말만 하면 오케이다.

"야, 이런 건 인증이라고 할 수 없잖아."

상준이가 툴툴거렸다. 맞는 말이었다. 커플 축제, 아니 "내 짝을 부탁해" 행사가 가까워질수록 "짝"에 대한 정의가 점점 넓어졌다.

거꾸로 커플 축제가 아니라서 생기는 불만도 나왔고 짝에 해당하는 인원이 몇 명인가 하는 생각지 못했던 질문도 출현했다. 우리는 다양한 질문들 속에서 혼돈의 시간을 보내야 했다.

"이번 기회에 우리가 커플이라는 사실을 만천하에 알리려고 했는데 이러면 곤란하지. 그냥 커플 축제로 해!"

"우린 셋이 짝이야. 짝이 꼭 둘이란 법 있어? 3은 우주에서 가장 완벽한 숫자라고. 누가 그랬냐고? 증거는 온 우주에 널렸어. 단군 할아버지가 세상에 내려올 때 운사, 우사, 풍백, 셋을 데리고 내려왔잖아. 그뿐이 아냐⋯⋯."

아이들이 내리는 짝의 정의는 정말 다양했다. 상준이 말대로 오고 싶으면 누구나 올 수 있는 행사가 되어 가고 있었다. 내 짝을 부탁해. 이 말은 여러 가지 뜻을 담고 있기 때문이다. 우리 모두 짝의 의미를 골똘히 생각하게 되었다. 짝은 뭘까, 나에게 짝이란 어떤 존재일까.

축제 준비를 하면서 학생회 아이들은 점심을 빨리 먹고 회의실에 모이는 것이 습관이 되었다. 와서 회의를 할 때도 있지만 수다를 떨거나 숙제를 하기도 했다. 때로는 쪽잠을 자러 오기도 했다. 우리에겐 북새통인 교실보다 학생회실이 더 편하게 느껴졌으니까.

오늘은 소영이와 나, 지평이가 모였다. 소영이가 먼저 교실에 간다며 나가자 지평이가 졸립다면서 책상 위에 엎드렸다. 학생회실

안이 조용해졌다. 나는 학원 숙제를 가져와서 다행이다 싶었다. 지금부터라도 집중해서 하면 남은 것도 금방 할 수 있을 것 같았다.

얼마나 시간이 지났을까? 고개를 들고 지평이를 바라보았다. 책상에 엎드리자마자 잠이 들었는지 지평이는 미동도 하지 않고 양팔에 얼굴을 묻고 있었다. 갑자기 낯선 기분에 휩싸였다. 이 세상에 우리 둘만 있는 것 같았다. 심장이 불현듯 빨리 뛰면서 가슴 한쪽이 알싸하게 아파 왔다. 그러더니 마음속의 내가 다시 소리를 냈다.

'말하고 싶어. 내 마음을 솔직하게 말하고 싶어.'

하지만 나는 입을 굳게 다물고 지평이를 바라보기만 했다. 지평이가 잠결에 가느다란 숨소리를 내더니 이내 고요해졌다. 나는 그 모습을 가만히 지켜보다가 연습장에 써 내려가기 시작했다.

'너를 좋아해. 언제부터인지 모르겠지만, 너를 좋아하는 것 같아.'

나는 그렇게 써 놓고 다시 지평이를 바라보았다. 그리고 이어서 쓰기 시작했다.

'너는 내게…….'

여기까지 썼는데 갑자기 회의실 문이 벌컥 열렸다. 나는 깜짝 놀라 학원 교재로 연습장을 가렸다. 지평이도 문이 열리는 소리를 듣고 잠에서 깨어났다. 그리고 천천히 고개를 들었다. 문을 열어젖힌 아이의 눈가랑 코가 빨간 게 심상치 않았다.

"지평이 있니?"

그 아이가 회의실 안으로 들어오며 말했다.

"여기 있었구나."

가까이서 보니 역시 그 애의 얼굴은 눈물로 젖어 있었다. 회의실 밖에서 몇몇이 안을 기웃거렸다. 고개를 든 지평이가 겨우 잠을 쫓으며 '응.' 하고 대답하는데 그 애가 다짜고짜 물었다.

"너 말이야, 나랑 사귀는 거 맞지?"

지평이가 아직 잠이 덜 깬 얼굴로 그 애를 바라보았다. 그 애가 한 말을 미처 이해하지 못한 듯 멍한 표정이었다.

"어?"

"너, 지난번에 내 고백 받아 줬잖아. 그때부터 우리 사귀기 시작한 거 맞지⋯⋯?"

지평이는 놀란 듯 입을 살짝 벌리고 그 아이와 나를 번갈아 보았다. 그 애는 금방이라도 다시 눈물을 터뜨릴 듯 울먹울먹한 얼굴로 지평이의 대답을 간절히 기다리고 있었다. 나는 심장이 쿵 내려앉는 것 같았다. 갑자기 펜을 쥐고 있던 손이 떨려 와서 책상 밑으로 내려놓았다.

잠시 시간이 멈춘 듯했다. 나도, 지평이도, 여자애도 서로를 바

라보며 말을 잊은 채 있었다. 그 침묵을 더 참을 수 없을 때가 되어
서야 지평이는 평소처럼 천천히 말을 이어 갔다.

"어, 그러니까……. 그런 거 같아."

지평이가 이제야 기억이 났다는 듯이 더듬거리며 대답했다. 여
자애는 코를 훌쩍였고 나는 책상 밑으로 들고 있던 펜을 떨어뜨
렸다.

6장

지평과 진희

무슨 소리가 들린 것 같아 잠에서 깼다. 엄청나게 소란스러운 꿈을 꾸고 있던 참이었는데, 눈을 뜨자 꿈은 연기처럼 사라지고 방 안에 가득한 어둠이 시야를 채웠다. 무슨 소리였을까? 잠시 귀를 기울였지만 아무 소리도 들리지 않았다. 창밖을 보니 해가 뜨려면 아직 멀었다. 베개를 똑바로 베고 다시 눈을 감았지만 잠은 오지 않고 오히려 정신이 말똥말똥해졌다.

"휴."

커다랗게 한숨을 내쉬었다. 가슴이 답답했다. 무거운 돌덩이가 내리누르는 것 같고 가슴속에 시커먼 무언가가 웅크리고 있는 것 같았다. 몸을 뒤척여 봤지만 소용없었다. 주먹을 꼭 쥐고 생각을 비워 버리려 애썼지만 머릿속은 어제 학교에서 있었던 일로 가득 찼다.

점심시간에 갑자기 학생회 회의실에 들어왔던 아이. 사실은 지금도 이름이 생각나지 않는다. 이건 나의 고질병인데 사람들 이름을 잘 못 외운다. 나은이었나? 아니 지은이? 어쨌든 그 아이가 울면서 이야기를 했을 때 나는 황급히 기억을 더듬어야 했다. 그리고 지난주 그 아이가 고백했던 순간을 기억해 냈다.

그때 나는 조금 당황했다. 우리 반이긴 하지만 평소에 친하게 지내는 친구는 아니었다. 그 애에 대해 내가 아는 것은 친구가 많다는 것과 활발한 성격이라는 정도였다. 가끔씩 여자아이들이 큰소리로 수다를 떨거나 웃어서 쳐다보면 그 애도 껴 있었던 것 같다. 그리고 몇 번 내게 무언가를 빌려 달라고 한 적이 있다. 뭘 빌려 달라고 했는지 생각이 안 나는 걸 보니 그렇게 특별한 물건은 아니었나 보다. 그것 말고는 딱히 생각나는 것이 없다. 이름도 잘 모르는 애였으니까.

사실 중학교에 들어온 후 여러 번 고백을 받았다. 어떤 때는 문자로, 어떤 때는 편지로, 어떤 때는 어색하게 마주 보고서……. 어제 그 아이는 복도에서 갑자기 말을 꺼낸 경우였다. 나는 어떻게 해야 할지 머뭇거리다가 '그래.'라고 대답했다.

문자나 편지로 고백을 했을 때는 거절하기가 쉽다.

미안 ㅠㅠ

이렇게 문자를 보내거나 편지에 답장을 하지 않으면 된다. 하지만 얼굴을 마주하고 고백하는 아이한테는 거절하는 말을 건네기가 쉽지 않다.

이번에도 마찬가지였다. 사귀기로 한 후, 몇 번 그 애랑 이야기를 나누기는 했다. 그저께인가 쉬는 시간에 그 애가 내 자리로 와서 이런저런 얘기를 했다. 또 며칠 전에는 집에 가는 길에 우연히 만나 함께 하교했다. 그때 무슨 이야기를 했더라? 맞아, 나에게 어느 학원을 다니느냐고 물어봤다. 그리고 뭐였더라? 생각이 안 난다. 그것 말고도 이런저런 이야기를 더 했는데…….

그나저나 무언가 단단히 잘못된 것이 분명하다. 일단 나는 그 애의 '고백'이 가볍게 여길 일이 아니라는 것을 온몸으로 느꼈다. 눈물범벅이 된 그 애의 얼굴과 눈빛, 표정, 그리고 울먹이던 목소리……. 예전에 받았던 고백들과는 그 무게가 달랐다.

나는 이성 친구와 사귈 때 매번 오래가지 못했다. 아니, 나는 사귀는 일에 별로 마음을 쓰지 않았다. 솔직히 말하면 사귀기로 한 친구에 대해 특별한 감정이 생긴 적도 거의 없다. 그래서 원망을 듣기도 했다.

'너, 나랑 사귀는 거 맞니? 이럴 거면 없던 일로 하자.'

그러면 그걸로 끝이었다. 기분이 나쁜 것이 아니라 오히려 홀가

분했다. 사귀는 일은 대개 한 달도 못 가서 흐지부지되었다. 그렇다고 그 아이들에게 좋지 않은 감정을 가졌던 것은 아니다. 나는 그 아이들을 '좋은 친구들'이라고 생각했다. 지금도 그런 마음에는 변함이 없다. 그런데 돌이켜보면 '좋은 친구'가 아니라 '좋아하는 친구'여야 했다. 나는 단지 거절할 수가 없어서 그 아이들과 사귀었던 것이다. 거절은 어렵게만 느껴졌다.

그보다, 진희가 마음에 걸렸다. 내가 겨우 정신을 차리고 뭐가 어떻게 된 건지 파악하고 있는데 책상 맞은편에 앉아 있던 진희가 자리에서 벌떡 일어나며 말했다.

"둘이 할 이야기가 있는 것 같은데……. 내가 자리를 피해 주는 게 낫겠지?"

진희는 또박또박 말했지만 왠지 모르게 그 애의 목소리가 평소와는 달랐다. 그러더니 말이 끝나기 무섭게 책을 챙겨 회의실을 나갔다. 나는 아무 말도 못하고 진희의 뒷모습을 바라보기만 했다. 그때 들었던 감정을 뭐라고 표현해야 할지 모르겠다. 당황스럽기도 하고 부끄럽기도 하고, 뭔가 심각한 잘못을 저지른 기분이었다.

진희가 나간 후 나와 그 여자애는 잠시 그대로 있었다. 어색하기 짝이 없었다. 앞에서 울고 있으니까 뭐라도 위로가 될 만한 이야기를 해 줘야 하는데 도대체 뭐라고 해야 위로가 될지 감이 오지 않았다. 정말 난감했다. 할 수만 있다면 땅속으로 꺼지고 싶은 순간이었다.

나는 단지 조그맣게 '울지 마.'라고만 말했다. 시간이 조금 지나자 그 애는 진정이 되었는지 눈물로 얼룩진 눈두덩을 손등으로 누르다가 빨개진 얼굴에 손부채질을 했다. 나는 그 모습을 보며 정말 간절히 그 애의 이름을 떠올리려고 애썼지만 소용없었다. 그때 수업 시작종이 구원의 종소리처럼 울렸고 나는 겨우 숨을 돌릴 수 있었다.

내 속도 모르고 다른 아이들은 내게 인기가 많아서 좋겠다고 이야기한다. 하지만 고백을 받는 입장에서는 사정이 다르다. 나는 어렸을 때부터 잘생겼다는 소리를 자주 들었다. 예전에는 그런 소리를 들어도 아무런 느낌이 없었는데, 언젠가부터 외모 덕분에 내가 인기가 많다는 것을 알게 되었다. 한번은 학교 앞에서 연예 기획사 아저씨들이 명함을 주고 간 적도 있다. 그 이후로 나는 학교에서 유명한 애가 되었다. 아이들 사이에 내가 아이돌 제의를 받았고 거절했다는 소문이 퍼진 것이다. 덕분에 가끔씩 나를 보며 아이들끼리 '저 애야.'라거나 '진짜 잘생겼다.'라고 수군거리는 소리를 듣곤 했다. 그럴 때마다 은근히 기분이 좋았다.

사실 나는 공부도 잘 못하고 유머 감각도 바닥이다. 한마디로 겁 많고 자신감 없는 아이다. 어릴 때부터 친구랑 싸우면 내가 맞고 끝났고 수업 시간에 손 들고 발표하는 일조차 거의 없었다. 그래서 진희가 전교 회장단 후보로 나가자고 했을 때도 믿어지지 않았다. 나는 평범한 아이인데 그런 중요한 역할을 할 수 있을까? 하지만 믿음직한 진희가 제의한 일이니 해도 괜찮을 것 같았다. 그리고 솔직히 말하면 그 순간 진희의 제안을 거절할 수 없었다.

우리가 선거에서 이긴 것도 사실은 다른 친구들의 힘이 컸다. 나는 그냥 하자는 대로 따랐을 뿐이다. 진희를 비롯해 다른 임원들은 다들 똑똑하고 말도 잘한다. 특히 진희가 하는 이야기를 듣다보면 입을 헤벌리게 된다. 그 모습을 보며 감탄하다가 침을 흘린 건 아닌가 싶어 입가를 닦은 적도 있다.

창밖이 서서히 밝아지기 시작한다. 오늘 당장 학교에 가면 그 아이를 보게 될 텐데 어떻게 행동해야 하나? 이제 그 애와 사귀어야 하는 건가? 아니지, 나는 이미 지난주부터 그 애와 사귀고 있었던 거야. 지금 와서 이럴까 저럴까 선택할 수 있는 문제가 아니야. 그런데……, 가슴 깊은 곳에서 후회 같은 것이 스르르 밀려온다. 그냥 거절하면 좋았을 텐데. 그 애가 고백했을 때 거절했으면 이렇게 힘들지 않을 텐데. 왜 맨날 이런 실수를 저지르는 걸까.

그나저나 진희는 나를 어떻게 생각할까? 한심한 애라고 생각할까? 혹시 바람둥이나 사기꾼이라고 생각하는 건 아니겠지? 만약 그렇다면 정말 억울하다. 무슨 말이든 변명을 하고 싶은데, 뭐라고 하면 좋을까.

축제가 사흘 앞으로 다가오자 학교에서는 일대 소란이 일었다.

각 교실마다 '짝꿍 만들기'를 시도하는 아이들이 야단법석을 피웠기 때문이다.

"우리 며칠만 '소울메이트' 하자."

이 말이 유행이 되었다. 농담과 진담이 섞인 채로 아이들 사이를 떠돌았다. 그러는 과정에서 진짜로 커플이 탄생하기도 했다. 2학년 어떤 반에서는 반장이 나서서 반 아이들 전원에게 짝을 배정해 줬다는 충격적인 이야기도 들려왔다. 전교 회장단이 주최하는 축제에 참여하려는 의지는 고맙지만 반발하는 사람도 있을 것 같아 걱정이 되었다.

친한 친구끼리 축제에 참가 하려고 짝꿍 사진을 찍는 경우가 가장 흔했다. 꼭 커플이 아니어도 짝꿍이면 된다는 공지가 게시판에 뜬 이후로 참가 인원이 몇 배로 늘어난 건 분명했다. 그렇다고 모든 아이들이 참여하려고 기를 쓰는 건 아니었다. 수요일 방과 후에 열리기 때문에 학원 스케줄이 바쁜 모범생이나 바글바글한 분위기를 싫어하는 '아웃사이더'들은 신경 쓰지 않았다.

마지막 점검을 위해 점심을 후딱 먹고 회의실에 모였다. 그동안 열심히 고민하고 발로 뛴 덕분에 나름대로 축제답게 프로그램이 짜였고 역할 분담도 명확해졌다. 사회는 혜수랑 상준이가 맡기로 했다. 처음에는 회장과 부회장이 해야 한다는 의견이 많았지만 쾌활하고 입담이 좋은 두 사람이 맡는 것이 낫겠다고 진희가 강력히 추천했다. 둘이 연습하는 걸 보니 정말 찰떡궁합이었다.

그 대신 나와 진희는 출입구에서 커플 확인을 맡았다. '커플' 대신 '짝꿍'으로 바뀌면서 인증하는 절차가 의미 없어졌지만, 누가 누구의 짝인지는 확인해야 했다.

"둘이 진짜로 짝인지 아닌지 검증한다기보다는 함께 축제에 진지하게 참여한다는 것에 의미를 둬야 할 것 같아."

"맞아. 축제의 취지에 공감하고 서로의 관계에 대해 한번 더 생각해 보자는 거지."

친구들의 의견을 듣다 보면 배우는 점이 많았다. 우리가 어리다는 이유로 어른들이 만들어 놓은 틀에서만 생각해야 하는 것은 아니라는 것도 배웠다. 그리고 처음에는 막막한 문제라도 함께 이야기하다 보면 답을 찾을 수 있다는 것도 깨닫게 되었다.

"짝꿍 인증할 때 무언가 특별한 걸 해 보면 어때? 서로의 끈끈한 관계를 뜻하는 그런 거?"

누군가의 질문에 퍼뜩 생각이 떠올랐다.

"손목에 리본을 매면 어떨까? 앞으로 더 끈끈해져라 그런 뜻으로."

"오, 끈끈해져라, 그거 좋은데."

아이들이 모두 좋다고 하니까 내 마음도 흐뭇해졌다. 그래서 우리는 짝꿍임을 확인하는 특별한 작업을 하기로 했다. 색색의 리본을 마련해서 그 리본에 서로의 이름을 적은 뒤 손목에 묶는 것이다. 나랑 진희가 인증 사진을 확인하고 리본을 나눠 주는 일을 하기로 했다.

　나머지 아이들은 주로 출연자 관리를 맡았다. 무대를 꾸미는 작업과 강당 안에 의자 배열하는 것 등, 손이 많이 필요한 일은 친구들을 동원해서 축제 전날 미리 준비해 놓기로 했다. 2학년 서영이가 자기 친구가 도와주러 올 거라고 자랑스럽게 말했다. 그러자 늘 서영이와 티격태격하는 석진이가 토를 달았다.

　"누구? 충효?"

　서영이가 고개를 끄덕이자 석진이가 장난 가득한 말투로 말했다.

　"너희 커플이라더니, 진짜구나."

　"그냥 나 도와주러 오는 거야. 쓸데없는 참견 마셔."

　"우리 중에도 커플 있니?"

　혜수가 물었다. 상준이도 소영이도 석진이도 눈만 끔벅끔벅할 뿐 아무도 대답을 하지 않았다. 그러고 보니 커플인데 임원이라서 축제에 참여하지 못하면 아쉬울 것 같았다. 임원들 중에 커플인 아이가 없나? 이렇게 생각하며 아이들을 둘러보는데 어느새 모두가 나를 쳐다보고 있었다. 애들의 눈빛이 이렇게 말하는 것 같았다.

　'너, 커플 아냐?'

　나는 아무 말도 못 하고 가만히 있었다. 나도 커플이라고 절대로, 절대로 말하고 싶지 않았다. 왜냐하면……. 나는 침을 한번 꼴깍 삼켰다. 모두가 나를 바라보는데 딱 한 사람만 다른 곳을 쳐다보고 있었다. 진희였다. 마치 일부러 외면하는 것처럼 보였다. 상준이가 입을 달싹이며 내게 무어라고 말하려는 순간 누군가 먼저 끼어들었다.

"너희 헷갈리면 안 돼. 커플에 집착하면 안 된다고. 우리 축제는 엄연히 '내 짝을 부탁해'야. 누구든 함께 참여하고 싶은 짝이 있으면 축제에 올 수 있어. 누가 누구랑 사귀는지는 중요하지 않아."

혜수였다. 그 순간만큼 혜수에게 고마웠던 적이 없었다. 모두들 "맞아, 맞아." 하며 고개를 끄덕였다.

"커플에 집착하면서 축제 진행하면 혼란이 생길 게 분명해. 자, 외쳐 봐, 내 짝을 부탁해!"

혜수가 외치자 모두들 한목소리를 냈다.

"내 짝을 부탁해!"

당황스러운 순간은 모면했지만 기분은 바닥으로 가라앉았다. 뭔가 단단히 잘못된 것 같았다. 나는 왜 커플이 된 건지, 내가 진심으로 원한 것도 아닌데 어쩌다 이렇게 된 건지, 이 상황을 어디서부터 바로잡아야 할지, 다시 가슴이 답답해졌다. 그런데 이상하다. 예전에도 이런 적이 있었는데 왜 그때와 다를까? 커플이면 어때서? 예전처럼 그냥 지나갈 일인데 왜 이리 신경을 쓰는 거야? 지평아, 너 원래 안 이랬잖아.

회의를 마치고 교실로 향하는 다리가 무겁다. 이번엔 커다란 돌덩이가 등 뒤에서 날 짓누르는 것만 같다. 그나저나 나와 사귀기로 한 애, 은서는 내가 축제에 함께하지 못한다는 사실을 모르고 있을 것이다. 회의실 사건 이후 휴대폰 주소록을 뒤졌다. 그 애가 휴대폰에 연락처를 저장했던 것이 떠올랐기 때문이다. 그 애의 이름은 김은서. 나는 그 이름을 여러 번 되뇌었다. 혹시 기대를 많이 하고 있으면 어쩌지? 은서가 나와 축제에 가고 싶어 하진 않을까 걱정이 밀려왔다.

축제 전날, 더 이상 미룰 수 없어서 나는 마음을 굳게 먹고 은서 자리로 갔다. 고개를 들어 나를 발견한 그 애의 눈빛이 단박에 밝아졌다. 이런, 내가 무슨 말을 할지도 모르면서……. 또다시 마음이 흔들렸다. 실망하면 어쩌지? 나는 마음을 다잡고 입을 열었다.

"저기, 커플 축제 하는 거 알고 있지?"

나의 물음에 은서는 기대에 찬 얼굴로 생글거리며 고개를 끄덕였다.

"당연히 알지. 드디어 내일이네."

"근데 학생회 임원들은 참가 못 해서 말이야……."

은서는 내 말이 무엇을 뜻하는지 모르는 것 같았다. 나는 마음이 급해졌다.

"학생회 임원들은 진행해야 해서 참여 못 해."

그제야 무슨 뜻인지 알아챘나 보다.

"아아, 그렇구나……."

미간이 살짝 구겨지는 것이 기분이 상한 듯 보였다. 미안하다는 말을 해야 하나 망설이는데 교실 뒷문에서 상준이가 나를 불렀다.

수업이 끝난 후 축제 리허설을 하기로 했기 때문이다. 상준이 뒤로 진희의 모습이 보였다. 진희는 내가 은서와 이야기하고 있는 것을 보더니 슬쩍 뒤로 물러서며 상준이에게 뭐라고 이야기했다. 곧 상준이가 나에게 소리쳤다.

"우리 먼저 가 있을게."

내가 뭐라고 답할 사이도 없이 상준이와 진희는 사라졌다.

"바쁠 텐데 빨리 가 봐."

은서가 시무룩한 얼굴로 말했다. 나는 최대한 미안한 표정을 지으며 교실에서 나왔다. 미안한 마음이 컸는데 이야기를 하고 나니 마음이 한결 가벼웠다. 나는 날듯이 뛰어서 강당으로 갔다.

강당에 도착하니 아이들이 모두 와 있었다. 사회자가 개회를 알린 후 진희가 행사의 의미에 대해 설명했다. 6시 전에 축제를 끝내라는 교장 선생님의 간곡한 당부 말씀이 있었기 때문에 많은 프로그램을 할 수는 없었다. 수업이 끝난 후 2시 반에 시작하니까 주어진 시간은 아주 짧았다. 솔직히 말하면 다행이었다. 더 많은 프로그램을 만들어야 했다면 고민하느라 머리털이 다 빠졌을 것이다.

첫 번째 프로그램은 '짝꿍 탐구'이다. 서영이와 석진이가 무대 위로 올라가서 대본을 읽었다. 둘이 어색한지 자꾸 서로를 의식하며 웃어서 보는 나도 웃음이 났다. 이 코너는 몇 가지 문항으로 자신의 짝에 대해 얼마나 아는지 테스트하는 것이었다. 좋아하는 색깔, 좋아하는 음식, 사소한 습관 등을 문제로 내서 미처 알지 못했던 짝의 모습을 발견하자는 취지였다. 가장 많이 맞힌 팀에게는 학교 앞 카페 음료 쿠폰을 선물로 준다.

두 번째 프로그램은 소영이가 자신이 속한 또래 상담 동아리 친구들과 함께 준비한 것이었다. '너는 나에게'라는 타이틀로, 서로가 상대에게 어떤 의미인지 묻는 시간이다.

세 번째는 홍 샘이 제안한 '짝에게 꿈을 묻다'라는 프로그램이다. 우선 홍 샘이 준비한 짤막한 영상을 시청한 다음, 짝과 서로의 꿈에 대해 이야기해 보는 내용이었다. 축제가 끝난 후 짝꿍의 꿈에 관한 글을 써서 상담실에 제출하면 좋은 글을 뽑아 선생님이 직접 마련한 선물을 주신다고 했다. 우리는 박수 치며 '선생님 최고!'를 외쳤다.

프로그램 사이사이에는 '짝꿍 장기 자랑'을 넣었다. 삼주 전, 장기 자랑 공지를 하자 의외로 여러 팀들이 참가 신청을 했고 그 팀 가운데서 가장 잘하는 네 팀을 뽑았다. 2학년 두 팀, 1학년 한 팀, 3학년 한 팀인데, 마지막으로 공연하는 팀은 우리 학교 아이들 사이에서 꽤 유명한 댄스 듀오였다. 원래 신청하지 않았던 팀이지만 혜수가 나서서 섭외했다. 리허설을 보니 감탄이 절로 나올 정도로 멋있었다.

마지막으로 사회자들이 폐회를 알리면 다 함께 노래하면서 행사가 마무리된다. 노래는 당연히 오션의 「내 짝을 부탁해」로 골랐다. 신나는 곡이어서 엔딩으로는 최고였다.

음향을 담당한 방송부 아이들과 사인을 맞추느라 매끄럽지 못한 부분이 있긴 했지만 그럭저럭 리허설을 마쳤다. 리허설까지 마치고 나니 가슴이 뿌듯해지면서 고생한 보람이 느껴졌다. 준비하는 과정에서 크고 작은 마찰도 있었지만, 그래도 무사히 축제 전야에 당도한 셈이다. 무언가 큰일을 해낸 기분이었다.

'그런데 진희는 어디 있지?'

아까부터 진희가 보이지 않았다. 학생회 임원 모두가 무대 한가운데로 모였는데도 없었다. 무대 뒤편에 있는 줄 알았는데.

"진희는?"

상준이에게 슬쩍 물었다.

"아까 갔어."

"왜?"

"특목고 준비하잖아. 오늘 특목고 준비하는 애들 모인대."

아, 그렇지. 축제 준비를 할 때도 틈틈이 공부하던 진희의 모습이 떠올랐다. 그래도 갈 거면 얘기해 주고 가지. 그리고 왜 상준이만 알고 나는 모르는 거야? 그런 이야기는 부회장인 나한테 해야 하는 거 아닌가. 쳇, 괜히 섭섭한 마음이 들었다.

특목고 준비를 하는 진희를 떠올리니 존경스럽기도 하고 뭔가 다른 차원의 사람처럼 여겨졌다. 역시 나와는 다른 세계에 사는 아이라는 생각이 들었다. 강당을 나와 교문으로 향하는데 휴대폰 메시지가 왔다.

잠깐 이야기 좀 할 수 있을까? 학교 앞 '종이배'야. 기다리고 있을게.

은서였다. 메시지를 보는 순간 무슨 잘못이라도 저지른 듯이 가슴이 덜컥 내려앉았다.

그나저나 종이배라니, 왜 학교 밖에서 만나자는 걸까. 아까 리허설에서 참가자에게 나눠 준다는 선물이 바로 종이배라는 카페의 음료 쿠폰이었다. 다른 애들은 가끔씩 가는지 모르겠지만 나는 한 번도 가 본 적이 없다. 발걸음이 쉽게 떨어지지 않았다.

교문 앞에 서서 그 카페가 있는 건물을 바라보았다. 학교 바로 앞이라 어딘지 몰랐다는 변명도 통하기 어려운 곳이다. 나는 숨을 크게 한번 쉬고 그곳으로 향했다.

낡은 3층짜리 건물 앞에 서서 카페가 있는 2층을 올려다보았다. 색이 바랜 간판에는 촌스러운 글씨체로 '종이배'라고 쓰여 있었다. 건물 앞을 몇 번이나 뱅뱅 돌면서 망설인 끝에 겨우 출입구로 들어갔다. '딸랑' 하고 문에 달린 종이 울리는 소리에 카페 안의 누군가가 나를 보았다. 은서였다. 좁은 카페 안에 손님은 달랑 그 애뿐이었다. 아르바이트생 누나는 카운터 안쪽에서 휴대폰만 보고 있었다.

"생각보다 빨리 왔네."

유리컵에 꽂힌 빨대를 물고 있던 은서는 이렇게 말하며 어색한 미소를 지었다. 뭐든 말을 해야 하는 건 알겠는데 입이 떨어지지 않았다. 이럴 때는 뭐라 해야 하지? 메시지를 못 본 척하고 그냥 갈 걸 그랬나? 아니야, 그러면 계속 기다렸을 텐데 오는 게 맞아. 생각이 시계추처럼 왔다 갔다 하는 사이 은서가 먼저 말을 꺼냈다.

"너, 내가 부담스럽지?"

헉, 나도 모르게 숨을 들이켰다. 엄청 센 주먹이 정면으로 날아든 느낌이었다. 오기 전에 나름 다잡았던 정신이 흔들리기 시작했다. 은서는 대답을 기다리는 얼굴로 나를 똑바로 바라봤다.

"그럴리가……."

나는 정색을 하려고 했지만 엄청나게 어색하다는 것을 자각하고 있었다. 은서도 내 말을 믿지 않는 얼굴이었다. 혼란스러웠다. 지금 내가 느끼는 감정이 무엇인지 나 자신도 확실히 모르겠다. 아니, 그게 아니라 나의 솔직한 감정을 자꾸 흔들어서 스스로 헷갈리게 만들고 있다. 언제까지 이렇게 나의 진심과는 상관없는, 상황을 모면하는 말만 할 건가. 마음속 어딘가에서 진심을 말하라고 아우성치는 소리가 들렸다.

'내가 사실대로 말하면 상처받지 않을까. 하지만 부담스러운 것 맞아. 여기에서 벗어나고 싶어.'

마음속 외침은 입 밖으로 나오지 않았다. 내가 말끝을 흐리며 시선을 피하자 은서는 고개를 세게 저으며 내가 한 말을 부정했다.

"아니야. 너는 내가 부담스러운 게 틀림없어. 네 표정이 말해 주고 있어. 그런데 왜 자꾸 아니라고 해? 지금 나에게 필요한 건 진심이야. 진심을 말해 줘."

나는 성질 급한 괘종시계의 시계추에 올라탄 기분이었다. 솔직히 말해? 아니, 어떻게 그런 말을 해? 솔직히 말하면 저 애 기분이 어떻겠어? 내가 아무 말도 못 하고 앉아 있자 은서가 먼저 입을 열었었다.

"차라리 내가 고백했을 때 거절하지 그랬어?"

깜짝 놀라 은서의 눈을 쳐다보았다. 그 눈빛은 나를 원망하는 것 같기도 하고 나를 불쌍하게 여기는 것 같기도 했다. 어떻게 알았을까? 나를 똑바로 바라보는 눈이 내 마음을 빤히 읽고 있는 것 같았다. 얼굴이 달아오르는 게 느껴졌다.

"사실 많이 후회했어. 처음에는 네가 내 고백을 받아 줘서 진짜 기뻤거든. 그런데 아니더라. 네가 정말 나랑 사귀고 싶은 게 아니라는 걸 알았어. 그냥 거절하기 힘들어서 그랬던 거야? 하긴 거절하는 일이 쉽지는 않지. 하지만 상대방을 좀 더 생각한다면 힘들어도 거절하는 게 나아."

숨도 쉬지 않고 할 말을 마친 은서는 울지 않으려고 애쓰는 얼굴로 마지막에 이렇게 덧붙였다.

"너, 예전에 사귀었던 친구들도 거절하지 못해서 사귄 거야? 네가 진짜로 좋아했던 친구는 없어?"

나는 아무 말도 못 했다. 그런 생각은 별로 해 보지 않았다. 고민해 본 적도 없다. 3주 넘게 사귄 친구가 없으니 그런 고민을 하기도 전에 없던 일로 돌아가곤 했다.

은서와 헤어져 카페 계단을 내려오면서 패배한 복서가 된 기분을 느꼈다. 그 애와 마주 앉아 있는 테이블은 마치 사각의 링 같았다. 은서는 몇 차례나 나에게 펀치를 날렸다. 집으로 돌아오는 내내 머리는 멍하고 다리가 풀린 것처럼 비틀거렸다. 은서가 나에게 많이 실망했겠지. 고백을 탓할 수는 없다. 그건 오히려 솔직하고 용기 있는 행동이다. 은서의 행동과 말에는 틀린 게 하나도 없었다. 고백을 거절하지 못한 내가 문제다. 결국 은서는 나한테 주었던 고백을 스스로 거두어 갔다. 나도 가슴이 아픈데 은서의 마음은 지금 어떨까.

내가 너무 싫다. 오늘 은서와 만난 후, 아니 헤어진 후, 이런 내가 더 싫어졌다.

"저희는 셋이 짝이에요."

1학년 남자아이들 셋이 휴대폰 화면을 보여 주며 우기기 시작했다. 화면 속 사진에는 세 사람이 인상을 잔뜩 쓰고 나와 진희를 노려보고 있었다. 나는 진희에게 어떻게 하면 좋겠냐는 눈짓을 보냈다. 그러자 진희가 미간에 주름을 잡으면서도 들여보내라는 손짓을 했다.

"좋아요. 짝꿍과 찍은 사진, 인증되었습니다."

나는 이렇게 말하며 리본 세 개를 내밀었다.

"이쪽에 펜 있으니까 이름 써서 손목에 묶으세요. 그런데 세 명이니까 이름을 어떻게 적어야 하나? 두 사람 이름을 써야 하나?"

세 친구는 나의 질문에 대한 대답은 생략하고 리본만 덜렁 받아 가지고 강당 안으로 신나게 뛰어 들어갔다.

"쟤네 진짜 의리로 똘똘 뭉친 거 같아. 한 명 더 데려오면 될 텐데 그 쉬운 길을 피하고 셋이서 짝이라고 박박 우기니 말이야."

진희의 말에 나는 슬쩍 웃어 보였다. 우리는 축제가 시작되기 20분 전부터 강당 출입문을 열고 참가자들을 입장시키기 시작했다. 다행히 별다른 문제는 생기지 않았다. 시작 시간이 임박하자 정신이 하나도 없었다. 예상치를 넘어서는 인원이 들이닥쳤고 나중에는 리본이 동나는 사태가 발생했다.

그 와중에 나와 진희는 아주 특별한 손님을 맞았다. 축제 준비를 하다가 중도 하차한 승민이였다. 승민이가 친구와 함께 와서 인증 사진을 보여 주면서 말했다.

"생각보다 훨씬 잘 준비했네! 인정. 멋있다!"

강당 안으로 들어가는 승민이와 친구의 뒷모습을 보며 나와 진희는 누가 먼저랄 것도 없이 동시에 미소를 지었다. 승민이가 함께 참여해 주어 기분이 좋았다. 아이들이 다 입장한 후 우리도 강당 안으로 들어갔다. 이전에 학교 행사를 위해 모였을 때와는 완전히 다른 공기가 강당 안을 가득 채우고 있었다. 참가자들의 입가에 걸린 미소 때문일까? 강당 안이 달달한 솜사탕 속처럼 느껴졌다.

사회자가 개막을 알리고 진희가 환영사를 한 뒤 첫 번째 팀의 공연이 시작되었다. 이승호와 정다진이라는 2학년 커플이었다. 두 사람이 공연 시작 전에 간단한 인사말을 했다. 나와 진희는 강당 출입문을 닫고 남은 의자를 끌고 와 맨 뒤쪽에 앉았다.

"저희는 커플이라기보다는 소울메이트입니다. 사실 소울메이트가 뭔지는 잘 모르지만, 그 비슷한 게 아닐까 싶어서 그렇게 소개하기로 했습니다."

귀여운 인사말에 관중들이 웃음을 터뜨렸다. 두 사람은 요즘 유행하는 발라드 노래를 불렀는데, 음색도 상당히 잘 어울리고 실력도 수준급이어서 듣기 좋았다.

축제는 우왕좌왕하는 순간도 있었지만 큰 사고 없이 그럭저럭 진행되었다. '너는 나에게'라는 코너를 진행하는 소영이를 보며 진희와 나는 번갈아 가며 감탄했다. 평소에는 꼭 필요한 말만 하는 조용한 애가 무대에 오르니 완전히 딴판이 되었다. 어찌나 능숙하게 진행하는지 나처럼 말이 어눌한 사람은 그저 부러울 뿐이었다. 그런데 그 프로그램에서 특별히 눈을 끄는 게 있었다. 상대방이 나에게 어떤 존재인지 한 단어로 쓰는 것이었다. 무대 중앙에 띄운 영상에는 이렇게 적혀 있었다.

너는 나에게 ＿＿＿＿ 이다.

아이들은 한마디로 자신의 짝꿍을 표현하기 위해 머리를 짜냈다. 혼자 골똘히 생각하는 유형도 있고 자신이 표현해야 하는 당사자인 짝과 이야기를 나누는 유형도 있었다. 모두 자신만의 단어를 생각해 내느라 애썼다. 다들 무척 행복해 보였다. 그런데 나만 부러운 게 아니었나 보다.

"우리도 해 볼까?"

행사 내내 조용히 있던 진희가 갑자기 말했다.

"응? 뭘?"

"저거 말이야. 재미있을 것 같아."

기분 탓일까? 그 순간 진희의 눈망울이 반짝 빛났다. 물론 진희는 항상 빛나는 아이지만……. 나는 얼떨떨한 채로 그 문장을 다시 읽어 보았다. 너는 나에게 ＿＿＿＿ 이다. 바꿔 말하면 진희는 나에게 ＿＿＿＿ 이다. 우리는 서로에게 뭘까? 진희가 뭐라고 할지 정말 궁금해졌다.

뭘 써야 좋을지 몰라 당황하고 있는데, 진희가 교복 주머니에서 손바닥만 한 수첩을 꺼내 뭐라고 쓰기 시작했다. 이것저것 써 보는지 썼다 지웠다를 반복했다. 나도 뭔가 생각해 내야 할 것 같았다. 진희는 나에게 뭘까? 그러자 뾰족한 것이 내 마음을 툭 치고 가는 기분이 들었다. 문득 진희의 펜이 떠올랐다. 은서가 나를 찾아 회의실에 왔던 날, 진희가 회의실 바닥에 떨어뜨리고 간 펜이었다. 진희가 먼저 교실로 갔기 때문에 주워서 갖다주려고 했는데 필통 속에 넣어 둔 채, 아직 돌려주지 못했다. 그 후로 계속 진희의 펜이 내 필통 속에 있다는 사실을 신경 썼다. 내가 꿀꺽하려고 한 것은 아니고 그냥 조금 더 가지고 있고 싶었다.

펜에는 진희가 직접 만든 이름표가 붙어 있었다.

진희 거♡

가끔 펜을 꺼내 단정한 글씨를 보고 있으면 저절로 입꼬리가 올라갔다. 그 옆에 앙증맞게 그려진 하트를 보면 마치 진희의 마음이 나와 함께 있는 것처럼 여겨졌다. 엉뚱한 생각만 하고 있는데 옆에서 진희의 목소리가 들렸다.

"난 정했어."

그러고는 수첩에 무언가를 적기 시작했다. 슬쩍 들여다보니 '돌'이라는 단어가 보였다. 나는 깜짝 놀랐다. 돌? 내가 돌이라고? 완성된 글자는 돌멩이. 내가 진희에게 돌멩이라고? 내심 실망하고 있는데 진희가 수첩을 내 앞에 내보였다.

너는 나에게

하얀 돌멩이

이다.

160 ●

이게 도대체 무슨 말일까? 하얀 돌멩이. 나는 궁금한 얼굴로 진희를 바라보았다.

"어젯밤, 갑자기 그런 생각이 들더라. 내일이면 이제 끝이구나. 드디어 짐을 벗는구나."

이렇게 말하며 진희는 배시시 웃었다. 그 말을 듣자 그제야 실감이 났다. 오늘이 끝이구나. 이제 축제가 끝나면 우리가 같이 무언가를 할 일도 없겠구나. 왜 진작 그 생각을 못 했지? 이제 진희랑 함께 할 일이 없다고 생각하니 섭섭한 감정이 밀려왔다.

"그동안 너한테 정말 고마웠어. 네가 없었으면 여기까지 어떻게 왔을까. 캄캄한 어둠 속에서 혼자 헤매고 있었겠지. 그런 나에게 너는 꼭 밤길에 빛나는 하얀 돌멩이 같았어. 그거 알지? 헨젤과 그레텔 이야기에 나오는 거 말이야."

헨젤과 그레텔? 어렸을 때 본 그림책이라 가물가물하지만 그 정도는 알고 있다. 낮에 숲에 들어갈 때 하얀 조약돌을 떨어뜨려 놓아, 어두운 밤에 빛나는 돌을 따라 길을 찾았다는 이야기.

"그래. 지평이 네가 있어서 나는 길을 잃지 않고 무사히 여기까지 왔구나, 싶었어. 내가 정말 사람 보는 눈은 있지? 너를 러닝메이트로 선택한 것은 신의 한 수였어."

아이들이 떠드는 소리와 웃음소리가 진희의 말을 조금씩 삼켜 버리기는 했지만 진희가 무슨 말을 하는지는 알아들을 수 있었다.

헨젤과 그레텔, 하얀 조약돌, 신의 한 수.

"아니야. 내가 별로 도움이 안 되는 것 같아서 항상 미안했어."

"무슨 소리야? 네가 아니었으면 우린 여기까지 오지도 못했어. 나는 중간에 포기했을 거야. 너는 너 자신에 대해 잘 모르는구나."

진희는 이렇게 말하며 엄지손가락을 들어 올리곤 활짝 웃었다. 그 모습을 보니 진희의 말이 진심이라는 생각이 들었다.

'내가 진희한테 돌멩이였다고? 그것도 반짝반짝 빛나는?'

역시 진희는 말을 참 멋지게 하고 비유도 잘한다는 생각이 드는 동시에 갑자기 가슴속 어딘가에서 묘한 느낌이 솟아나기 시작했다. 무지개 비슷한 빛깔이 퍼지는 것 같기도 하고 뭉게구름 같은 것이 피어나는 듯하기도 했다. 그리고 나는 그 위에 올라 강당 안을 날아다니는 기분이 들었다. 갑자기 큰 소리로 외치고 싶었다. 나는 돌멩이다. 반짝반짝 빛나는 하얀 돌멩이다!

이제는 무대 위에서 무슨 프로그램을 하고 있는지도 모르겠다. 강당 안의 아이들이 왜 웃고 박수 치는지도 모르겠다. 내 눈에는 진희밖에 안 보였고 머릿속에서 하얀 돌멩이만 반짝반짝 빛나고 있었다. 축제를 어떻게 마쳤는지도 생각나지 않는다. 책가방을 잊지 않고 챙겨서 집에 온 것만도 다행이었다.

그 후 나는 한참 동안 작은 배를 타고 바다를 떠다니는 느낌이었다. 파도가 밀려올 때마다 기분이 둥실 떠올랐다가 이내 그 파도 때문에 멀미가 났다. 그리고 그 멀미에 어느 정도 익숙해졌을 때

결심했다. 내가 진희에게 하얀 돌멩이였던 것처럼 진희는 나에게
무엇이었는지 고백하기로.

7장

다시,
충효

오늘은 3학년 선배들이 졸업하는 날이다. 2학년들은 졸업식에 참석해 「이젠 안녕」이라는 노래를 불러야 한다. 처음에는 알지도 못하는 노래를 어떻게 부르냐며 구시렁댔는데 알고 보니 많이 들어 본 노래였다. 듣는 순간 익숙한 멜로디를 이미 따라 부르고 있었다.

　몇 번 연습을 하고 졸업식 장소인 강당으로 향했다. 우리도 1년 후면 졸업이라는 생각과 선배들 졸업이 우리랑 무슨 상관인가 하는 생각이 머릿속에서 오락가락했다. 별로 친한 선배도 없고 졸업식의 축축한 분위기에 괜히 젖어 들고 싶지도 않았다. 그래서 논쟁을 벌일 상대만 있다면 졸업식에서 후배들의 노래가 반드시 필요한가에 대해 따지고 싶었다. 그러나 주변에 논쟁하고 싶은 상대가 없었다. 맨날 게임 이야기를 하거나 아니면 썰렁한 개그나 흉내 내는 녀석들과 진지한 대화를 할 수 있겠는가.

마지못해 끌려가듯이 강당에 들어서는 순간 나는 예상치 못한 기분에 휩싸였다. 지난겨울에 강당에서 열렸던 커플 축제가 생각났기 때문이다. 나는 고개를 빼고 여자애들이 몰려 있는 쪽을 두리번거리다가 서영이가 친구들과 떠들고 있는 모습을 발견하고는 얼른 고개를 숙였다.

3학년들은 모두 검은색 졸업 가운을 입고 있었다. 그래서 그런지 평소와는 분위기가 많이 달랐다. 한 학년 선배는 한 살 차이라는 사실이 무색하게, 항상 높고 무겁게 느껴지는 존재였다. 늘 우리보다 덩치가 크고 목소리도 크고 학교와 세상에 대해 아는 것이 많았다. 선배들은 오늘따라 더욱 진중해 보였다. 사실 우리는 선배의 민낯을 너무나 잘 알고 있는데도 말이다. 늘 쿵쿵거리며 급식실에서 새치기를 하기 일쑤였고, 격하게 놀다가 창문을 깨뜨리는 경우도 비일비재했다. 이런 걸 모두 알고 있어도 졸업 가운을 입고 있는 선배들의 모습은 순수해 보이고 어딘지 모르게 엄숙하기까지 했다.

우리는 강당 앞쪽으로 가서 무대와 3학년 자리 사이로 갔다. 넉넉한 공간은 아니지만 촘촘히 서니까 2학년 전원이 들어갈 수 있었다.

"2학년, 뒤로 돌아."

사회자의 구령에 2학년 전원이 뒤로 돌았다. 무대를 등진 채, 졸업 가운을 입고 있는 3학년 선배들을 마주 보았다. 어색한 상황을 참지 못하는 웃음소리가 2학년 쪽에서 심심찮게 터져 나왔다. 그에 비해 3학년 선배들은 졸업 가운을 입은 효과인지 얼굴에 차분한 웃음을 띠고 진지하게 후배들을 바라보고 있었다.

전주가 흐르고 무대 위 대형 화면에서는 3학년들의 학교생활을 편집한 영상이 나오기 시작했다. 선배들의 시선이 화면으로 향했다. 지난 삼 년의 시간이 담긴 영상을 보는 얼굴에 저절로 미소가 떠올랐다.

2학년 맨 앞줄에서 마이크를 잡은 건 승호와 다진이였다. 두 사람은 커플 축제에서 환상적인 듀엣을 선보이면서 유명해졌다. 두 사람 사이가 특별하다는 사실은 커플 축제에서 알았다. 나로서는 꽤썸한 일이다. 승호는 나랑 꽤 친한 편인데, 다진이랑 사귄다는 것을 나한테까지 감쪽같이 속이다니.

두 사람이 축제 장기자랑 코너에 나간다는 것이 알려졌을 때, 교실에서는 일대 소란이 일었다. 급조된 짝꿍이냐? 아니면 진짜 커플이냐? 전자 쪽의 의견이 우세했다. 특히 나처럼 둘 중 하나와 친하다면 더욱더 그 아이들이 진짜 커플이라는 것을 받아들일 수 없었다. 왜냐하면 교실 안에서는 두 사람이 특별한 사이라는 것이 전혀 느껴지지 않았기 때문이다.

"너희 진짜 커플 아니지? 장기 자랑 나가려고 그런 거지?"

아이들이 이렇게 묻자 두 사람은 빙그레 웃기만 했다. 좋아, 다진이는 그렇다 치자. 나랑 하루가 멀다 하고 치고받는 사이인 승호는 뭐지? 그 철없고 어린애 같은 승호가 커플이라니! 그걸 내가 모르고 있다니! 나는 받아들일 수 없었다. 그래서 축제가 끝난 후 녀석에게 따졌다.

"너 어쩜 그렇게 아무도 모르게 사귀냐?"

"사귀는 게 아니라니까. 우리는 소울메이트라고."

물론 축제 때 자신들을 소울메이트라고 소개하는 것은 들었다. 하지만 둘이 그런 사이라니. 전혀 어울리지 않았다.

"소울메이트가 뭔지 알고 하는 말이야? 그게 사귀는 거지, 뭐."

"그런 선입관은 버려."

승호가 한심하다는 얼굴로 나를 바라봤다. 그 모습이 조금 낯설었다.

"우린 비슷한 일을 겪었거든. 음…….''

승호는 곰곰이 생각하는 표정을 짓더니 이야기를 이어 갔다.

"내가 알아야 하는데 알지 못하던 것을 다진이가 알려 줬어. 그리고 다진이가 알아야 하는데 알지 못한 것을 내가 알려 줬고."

나는 조금 당황스러웠다. 전혀 승호답지 않은 말인 데다가 무슨 뜻인지 알쏭달쏭했다.

"그게 무슨 말이야?"

"우리가 스스로 생각한 것처럼, 우리가 못난 사람은 아니라는 걸 알게 됐다는 거야. 말하자면 이런 거지. 이승호! 너, 괜찮은 녀석이야. 그러니까 힘내. 다진이도 마찬가지지. 정다진! 너 괜찮은 애야. 그러니까 힘내. 이렇게 말이야."

솔직히 살짝 충격이었다. 승호가 저런 심도 깊은 고민을 했다는 것도, 그런 이야기를 다진이와 나누며 서로가 소울메이트라고 생각하게 된 것도 놀라웠다. 가끔 세상은 이렇게 뒤통수를 친다.

"어떤 비슷한 일을 겪었는데?"

승호는 평소의 장난스러운 얼굴로 돌아와서 말했다.

"거짓말 사건."

나는 더 이상 물어보지 않았다. 승호가 하는 말을 하나도 이해할 수 없었기 때문이다. 어쨌든 교실은 며칠 동안 두 사람에 관한 이야기로 시끄러웠다. 정작 두 사람은 남들이 무슨 말을 하든 관심을 두지 않았다. 그리고 지금 이 순간, 환상의 호흡을 자랑하며 모두의 주목을 받고 있다. 노래가 시작되었다.

이제는 우리가 서로 떠나가야 할 시간
아쉬움을 남긴 채 돌아서지만
시간은 우리를 다시 만나게 해 주겠지

축제 후에 갑자기 커플이 급증했다는 소문이 돌았다. 축제에 가기 위해 잠시 짝꿍이 된 친구들이 꽤 있었는데 축제가 끝난 후 정말로 커플이 되었다는 것이다. 반대로 나는 서영이와 축제 후에 멀어졌다. 여름 방학이 끝나 갈 즈음부터 친해졌으니까 3개월 남짓 가깝게 지낸 셈이다. 덕분에 나는 열다섯 살 인생에서 가장 추운 겨울을 보내야만 했고 아직도 그 여파에서 헤어나지 못하고 있다.

그에 반해 서영이는 아무렇지도 않은 것 같았다. 그 애의 SNS 계정은 쉴 새 없이 새로운 사진과 메시지가 올라왔다. 나는 아무 흔적도 남기지 않은 채 서영이의 일상을 살짝 훔쳐보았다. 서영이에게서는 멈춰 서서 외로움을 느끼거나, 외로움까지는 아니더라도 뭔가를 망설이거나 주저하는 기색을 단 한순간도 찾을 수 없었다. 그리고 수많은 '좋아요'가 서영이의 현재를 열렬히 응원했다. 나의 부재가 그 어떤 영향도 미치지 못한다는 뜻인 것만 같아 씁쓸했다.

돌이켜 보면 작년은 정말 마법 같은 시간이었다. 생각도 못 했던 일들이 벌어졌다. 서영이를 좋아하면서도 그 애와 가까워지는 일은 절대 일어나지 않으리라 생각했다. 하지만 나도 모르는 사이 서영이는 한 발짝 두 발짝 내게 다가왔고 어느덧 나와 마주 보며 웃고 이야기하는 사이가 되었다. 나는 서영이 옆에 서 있었고 서영이도 내 옆에 서 있었다. 힘든 일이 있을 때 서로에게 털어놓았고 즐거운 소식은 제일 먼저 전했다. 물론 즐거운 소식이라고 해 봤자 용돈을 받았다거나 수행 평가 점수를 잘 받았다거나 하는 아주 사소한 일들이지만.

우리는 그저 친한 친구 사이였지만 워낙 붙어 있다 보니 아이들은 우리를 특별한 사이로 생각했다. 나도 서영이도 굳이 부정하지 않았다. 나로 말할 것 같으면 그 애를 좋아하는 마음은 변함이 없었지만.

어쩌면 나는 오션이라는 아이돌 그룹에게 감사하는 마음을 가져야 한다. 오션 앨범 덕분에 서영이와 친해지기 시작했으니까. 여름이었다. 유난히 햇볕이 뜨겁던 휴일 오후, 서영이가 무거운 쇼핑백을 들고 낑낑대며 가던 모습을 봤을 때 저 짐을 들어 줘야겠다는 생각뿐이었다. 그리고 며칠간 그 쇼핑백을 맡아 두면서 마치 서영이의 소중한 분신이 내 방에 잠시 와 있는 것처럼 가슴이 설레었다. 지금 생각하면 그게 도대체 뭐라고 그랬을까.

쇼핑백을 돌려주기 위해 서영이를 만났던 날, 우리는 동네 편의점에 앉아 컵라면과 음료수를 먹으면서 이런저런 이야기를 했다. 그리고 우리가 이렇게 말이 잘 통하는 사이라는 것에 서로 놀랐다. 편의점 파라솔을 이용하려는 손님이 눈치를 줘서 일어났을 때는 벌써 두 시간이 훌쩍 흐른 때였다. 우리는 학교에서도 자연스럽게 이야기를 나누는 사이가 되었다.

그 후 나는 막연히 생각하던 서영이가 아닌 진짜 서영이에 대해 알게 되었다. 아버지의 실업으로 인해 경제적 어려움을 겪게 된 가정의 둘째 딸, 아이돌 그룹 오션의 열혈 팬, 어른이 되어 오션의 멤

버인 필현을 만나는 것이 꿈인 10대 소녀. 그제야 나는 오래된 의문이 풀렸다. 나를 절망의 구렁텅이에 몰아넣었던 '현'의 정체가, 서영이 다이어리에 커다란 하트와 함께 쓰여 있던 '현'의 정체가 바로 오션의 리더, 필현이라는 것을.

2학기 중간고사가 다가오면서 서영이와 동네 독서실에 같이 다니게 되었다. 서영이가 학원 대신 독서실에서 공부한다기에 나도 갑자기 독서실에 다니고 싶어졌다. 엄마는 중학생이 무슨 독서실이냐며 말렸지만 그래도 공부하겠다는 아들의 의지를 꺾지는 못했다. 우리는 독서실 복도에서 수시로 만나 대화를 이어 갔다. 한동네에서 한 학교 다니며 산 지 거의 십 년이 되는 사이였기 때문에 화젯거리는 무궁무진했다. 하루는 서영이가 내게 이렇게 말했다.

"너 그거 아니?"

"뭘?"

"너, 엄청 섬세해."

순간 독서실 복도의 형광등이 치지직 하며 환하게 타오르는 것 같았다. 나는 아무나 볼 수 없는 환희의 섬광을 나만이 예리하게 간파한 기분이었다.

"무슨 말이야?"

나는 못 알아들은 척 괜히 형광등을 올려다보며 물었다.

"내가 아는 보통 남자애들은 좀 둔하거든. 근데 넌 정말 섬세해. 그래서 말이 통하는 것 같아."

그 말이 좋은 뜻이라는 건 알아챘지만 그래도 확인하고 싶었다.

"칭찬이야?"

서영이가 입가에 살짝 미소를 머금은 채 고개를 끄덕였다. 그날 독서실 내 자리로 돌아가서도 단 1초도 공부하지 못했다. 섬세하다는 것이 어떤 것인지에 대해서만 생각하고 또 생각했다.

독서실에서 집으로 돌아가는 길에는 서영이를 집 앞까지 데려다췄다. 우리 집을 지나서 가기 때문에 다시 돌아와야 하지만 그 정도 수고는 아무것도 아니었다. 하루는 서영이와 복도에서 시간이 가는 줄 모르고 이야기를 하다가 평소보다 귀가 시간이 늦었다. 열두시가 다 되어 가방을 허겁지겁 싸서 귀가하는데, 서영이네 집 앞에 어머님이 나와 계셨다. 늦은 시각이라 걱정이 되어 나오신 모양이었다. 어머님은 서영이 옆에 있는 나를 보고 깜짝 놀란 눈치였다.

"어머, 누군가 했더니, 충효구나. 어쩜 이렇게 듬직하게 컸니?"

서영이 어머님이 혼내시면 어쩌나 걱정하고 있었는데 예상 밖이었다. 내가 아무 말도 못하자 서영이가 먼저 이야기했다.

"얘도 같은 독서실 다녀. 늦은 시간이라 데려다줬어."

서영이 어머님은 의외라는 표정을 지었지만 이내 미소를 되찾고 이야기했다.

"충효는 공부 잘하지? 우리 서영이는 자꾸 성적이 떨어져서 말이야."

그러자 서영이가 입을 주욱 내밀었다. 아무 말도 못한 나는 90도 각도로 깍듯이 인사하고 돌아서서 집으로 향했다. 뒤통수에 따가운 시선이 느껴져서 최대한 빠른 걸음으로 골목을 빠져나왔다. 그런데 자꾸만 실실 웃음이 났다. 뭐랄까, 곁에서 서영이를 지켜 줄 수 있는 사람이 된 기분이었다.

언젠가부터 학급 아이들도 우리를 특별한 친구 사이로 인정해 주었다. 그러다 보니 친한 아이들 몇몇은 내게 물었다.

"너, 이서영이랑 사귀는 거야?"

나는 뭐라고 똑 부러지게 이야기하지 못했다. 나는 서영이를 좋아하는데 서영이는? 그 애는 어떤 마음일까? 하지만 물어볼 용기가 나지 않았다. 정식으로 사귀자고 말할 자신도 없었다. 고백이란 과정 자체가 우리에게는 어울리지 않는 것 같았다. 그렇게 여름이 가고 가을이 갔다. 그러던 어느 날, 서영이가 '커플 축제' 이야기를 꺼냈다. 서영이는 학생회 임원이라 점심시간이나 방과 후에 학생회 모임이 많았다. 내가 불만을 가질 일은 아니지만, 서영이와 대화할 시간이 줄어드는 건 조금 아쉬웠다.

사실 아이들 사이에 커플 축제에 관한 이야기가 오갈 때마다 나는 '학교에서 무슨 커플 축제, 말도 안 돼!' 이런 쪽이었다. 그러나 서영이 입에서 '커플'이라는 말이 나오자 시큼털털하게 들렸던 단어가 달콤하게 들리기 시작했다. 듣고 보니 축제가 진행되는 동안 행사 요원 역할을 해 달라는 것이었다. 오! 괜찮다. 그러면 행사 내

내 서영이랑 함께 있을 수 있잖아? 이런 생각으로 흔쾌히 받아들였고 진짜로 축제 당일은 재미있었다.

그러나 운명은 나의 행복을 응원해 주지 않았다. 얼마 못 가 우리 사이는 틀어지고 말았기 때문이다. 무엇 때문에 그렇게 됐는지 묻는다면 대답하기 난처하다. 너무도 어처구니없는 이유였기 때문이다. 축제가 끝나고 며칠 지났을 때였다. 서영이가 잔뜩 흥분한 목소리로 말했다.

"충효야, 우리 애들 컴백했어! 대박, 대박이야."

"우리 애들?"

"오션 말이야. 으악, 어떡해! 티저 봤는데 너무 멋있어!"

"그래? 좋겠네."

이상한 기분이 들었지만 장단을 맞춰 줬다. 사실 나와 친해진 이후로 서영이는 예전처럼 오션에 매달리지 않았다. 본인 입으로 탈덕했다고 이야기하기도 했다. 하지만 찬바람이 불기 시작하자 고향에 돌아온 옛 애인을 만난 것처럼, 오션이 컴백한 후 서영이는 다시 오션의 세계로 빠져들어 갔다.

"필현 오빠, 이번에 너무 멋있어. 머리를 파란색으로 염색했거든. 완전 요정이야. 한번 볼래?"

그러면서 휴대폰을 내밀며 배경 화면에 저장된 사진을 보여 주는데, 이상한 기분이 들었다. 이걸 왜 나한테 보여 주는 거지? 나는 뭐라고 해야 하는 거지? 아니, 근데 진짜 사람 맞나? 사진이 아니라 그림 같은데? 그림 같은 미소를 짓고 있는 남자가 서영이의 휴대폰 속에서 손가락으로 하트를 만들며 웃고 있었다. 머리로는 그러면 안 된다는 걸 알면서도 가슴 어딘가에서 훅하고 질투심이 솟았다.

"여자 친구가 아이돌을 좋아하는 것은 당신이 만화책을 좋아하는 거랑 비슷하다고 보면 됩니다. 그러니까 여자 친구가 아이돌에 빠져 있어도 고민하지 마세요. 아이돌은 아이돌이고 남친은 남친이니까…….."

인터넷에 물어봤더니 이런 대답이 돌아왔다. 나는 다시 마음을 다잡고 서영이의 덕질을 응원해 주었다. 서영이에게 좋은 인상만 남기고 싶었다.

오션, 그게 도대체 뭐라고. 나는 왜 그들에게 감사와 질투와 분노를 동시에 느껴야 하는 걸까? 쿨하게 털어 버리기에는 나는 너무 옹졸하고 섬세했다. 결국 낯설고 이상한 감정은 내 가슴을 할퀴고 말았다.

오션이 컴백한 후 며칠간 서영이는 엄청 흥분해 있었다. 같은 반인 혜민이와 간밤에 본 티저와 뮤직비디오, 가요 프로그램 공개 방송 이야기를 하느라 바빴다. 주말에는 방송국 사전 녹화에 참여한다며 새벽부터 방송국 앞에 가서 줄을 선 모양이었다. 그날은 원래 나와 영화 보러 가기로 한 날이었다. 서영이가 방송국에 간 줄도 모르고 난 아침부터 영화를 예매하고, 팝콘 쿠폰 내려받고, 입고 갈 옷까지 찾아 두었다. 하지만 서영이와 연락이 닿지 않았고, 장장 여섯 시간 동안 수십 통의 문자를 보냈는데도 묵묵부답이었다. 전화 역시 받지 않았다. 처음 둘이 영화를 보기로 한 날, 말은 안했지만 사실 그날은 내 생일이었고 나는 서영이에게 정식으로 사귀자고 말하려던 참이었다.

그날 저녁 서영이의 SNS에는 사진 몇 장이 올라왔다. 방송국에서 오션의 사전 녹화 장면을 찍은 것이었다. 조명을 받은 파란 머리 남자는 현실의 사람 같지 않아 보였다. 그 모습을 보고 있으려니 멀미가 느껴졌다. 사진 밑에는 이렇게 쓰여 있었다.

현이가 파란 머리 요정으로 돌아왔다!
너무 멋있어서 심장 뿌셔, 지구 뿌셔, 우주 뿌셔.
필현아, 이 세상 다 가져. 나도 덤으로 가져.

그 순간 심장이 조각난 쪽은 나였다. 가슴속에서 시뻘건 불길이 활활 타오르는 것 같았다. 아이돌은 만화책 같은 거라고 외치던 이성은 완패당한 채 내 발밑에 널브러졌다.

그때부터 나는 서영이의 메시지를 무시하고 전화도 받지 않았다. 다음 날인 일요일에는 피시방에 가서 온종일 게임만 했다. 게임을 하는 동안만큼은 서영이 생각을 덜 할 수 있었다. 집에 와서 휴대폰을 확인해 보니 서영이로부터 연락이 와 있었다. 딱 세 번. 나는 다시 휴대폰을 꺼 버렸다.

안녕은 영원한 헤어짐은 아니겠지요
다시 만나기 위한 약속일 거야
함께했던 시간은 이제 추억으로 남기고
서로 가야 할 길 찾아서 떠나야 해요

노래가 후렴으로 달려가면서 아이들의 목소리가 점점 높아졌다. 그런데 커져 가는 목소리와는 달리 분위기는 가라앉아 갔다. 3학년 중에 고개를 떨군 누나, 형 들이 눈에 띄었다. 울고 있구나. 아, 그러고 보니 가사가 조금 슬프다. 삼 년간 다닌 학교와 친구들과 헤어져야 하는 선배들의 입장이라면 슬프긴 할 것 같다. 게다가 고등학교에 진학해 입시 준비를 할 자신들을 생각하면 더욱 서글플 것이다.

그 모습을 마주 보며 노래하는 우리는 점점 더 난감해졌다. 어색함과 슬픔과 우스움을 한꺼번에 이겨 내야 하기 때문이다. 나는 최대한 담담하고 조그맣게 부르려고 애썼다. 그러면서도 또 누가 우는가 싶어 눈으로는 자꾸 3학년 선배들을 힐끗거렸다. 그러다가 지평이 형이 보였다.

지평이 형은 언제나처럼 진지한 얼굴로 노래를 부르고 있었다.

얼마 전 저 형이 도진희 선배와 사귄다는 소식을 들었다. 전교 회장과 부회장이 커플 축제를 치르고 난 뒤 진짜로 커플이 된 것이다. 영화에나 나올 법한 이야기가 처음에는 믿기지 않았다. 둘은 너무나 다른 이미지였다. 카리스마 있는 진희 누나와 허술해 보이는 지평이 형. 축제 날 봤을 때도 특별히 친해 보이지는 않았는데……. 둘이 많이 달라서, 오히려 서로에게 끌렸을까?

그나저나 노래 한 곡 부르는 것이 이렇게 힘겨울 줄이야. 눈물과 웃음 사이에서 아슬아슬한 줄다리기를 마친 후에야 우리는 노래를 끝낼 수 있었다. 승호와 다진이가 "졸업을 축하합니다." 하고 선창하자 2학년이 따라 했다. 이로써 졸업식 행사가 모두 끝났다. 강당의 공기는 순식간에 바뀌었다. 어색한 긴장감은 사라지고 시끌벅적한 광장으로 변했다. 3학년 선배들은 마지막 날의 기억을 영원히 남기고 싶은 듯이 분주히 사진을 찍었다.

2학년들은 강당을 빠져나가다가 친한 선배를 만나면 사진을 찍어 주기도 하고 함께 찍기도 했다. 딱히 챙길 만한 선배도 없고 해서 서둘러 자리를 떠나는데 누군가 나를 부르는 소리가 들렸다.

"충효야, 같이 사진 찍자!"

돌아보니 지평이 형이었다. 지평이 형과 진희 누나, 그리고 언제 꼈는지 승호와 다진이가 빨리 오라고 손짓하고 있었다. 나는 엉거주춤 서 있다가 그쪽으로 향했다. 커플들 사진 찍어 주는 것이 오늘의 임무인가 보다 생각하면서 휴대폰을 건네받으려고 하니 그게 아니고 옆에 서라고 한다.

"그런데 서영이는 어디 갔니?"

이렇게 말하며 진희 누나가 잠시 사라지더니 금세 서영이를 데리고 왔다. 서영이와 눈이 마주친 순간 나는 빠르게 시선을 돌렸다. 서영이 역시 나를 발견하자 어색한 표정을 지었다. 우리는 서먹한 티를 내지 않으려고 애쓰면서 함께 사진을 찍었다. 나는 언제나처럼 무리 한쪽에 끼어서 다른 사람들 얼굴을 작아 보이게 해주는 역할을 톡톡히 했다.

지평이 형과 진희 누나는 다른 친구들과 사진을 찍으러 가고 넷이 함께 강당을 빠져나왔다. 갑자기 승호와 다진이가 교무실에 들를 일이 있다며 1층 복도로 사라지고 말았다. 그러잖아도 서영이랑 함께 있는 것이 어색한데, 참 눈치가 없는 친구들이다. 그 바람에 나와 서영이만 남았다. 우리는 아무 말 없이 계단을 올라갔다. 교실은 3층. 서영이가 앞서 올라가고 내가 뒤따랐다.

그날 이후, 서영이는 장문의 문자를 수차례 보냈다. 약속을 어겨서 미안하다, 다 내 잘못이다……. 하지만 나는 대답하지 않았다. 학교에서도 마찬가지였다. 나는 서영이를 모른 척했다. 며칠이 지나자 서영이도 나를 외면했다. 우리는 그렇게 멀어져 갔다.

일정 거리를 유지하며 따라가는데 갑자기 서영이가 그 자리에 섰다. 나도 그 애를 따라 멈췄다. 서영이가 돌아서서 나를 바라보았다. 전혀 예상하지 못했던 터라 나는 그대로 돌처럼 굳어 버렸다.

"그날 생일이었다며?"

서영이가 먼저 입을 열었다. 생일? 불쑥 그날의 기억이 떠올랐다. 그래, 내 생일, 서영이가 방송국에 갔던 날, 그 애가 내 문자에 대답하지 않았던 날. 내가 아무 말도 못 하고 서 있자 서영이가 외쳤다.

"몰랐어, 정말 몰랐어."

순식간에 얼굴이 발개진 서영이가 남은 계단을 뛰어 올라갔다. 나는 서영이를 부르지도 못하고 따라가지도 못하고 그저 서 있었다. 서영이의 목소리가 귓가에서 맴돌았다. 몰랐어, 정말 몰랐어.

나는 천천히 계단을 올라갔다. 조심조심 한 발 한 발. 느릿느릿 발걸음을 떼었다. 지금 뛰면 무언가가 사라지거나 망가질 것만 같았다. 이 느낌을 그대로 간직하고 싶었다. 놀라움 한 스푼, 신기함 한 스푼, 두근거림 한 스푼, 그리고 간질간질함이 반 스푼. 이 기분을 오래도록 기억하고 싶었다.

층계참의 거울에 비친 내 모습을 발견했다. 예전 같으면 못 볼 것이라도 본 양 외면하고 지나쳤을 텐데 이번에는 내 눈을 똑바로 뚫어져라 마주보았다. 그런데 이상했다. 거울 속의 내가 싫지 않았다. 심지어 익숙해서 편하기까지 했다. 나는 거울 속의 나를 보며 씩 웃었다. 콧구멍이 제멋대로 벌름거려서 우스꽝스러웠지만 그쯤이야……. 실실 웃음이 나려는 것을 겨우 참으며 나머지 계단을 올라갔다.

교실에 들어가니 서영이는 그새 다른 아이들과 수다를 떨고 있었다. 이번에도 아이돌 이야기였다. 아이돌을 하나도 모르는 나도 저 애들의 말을 듣다 보면 아이돌 박사가 될 것 같았다.

하도 목청을 돋우어서 모르는 사람이 보면 싸우는 것처럼 이야기하던 아이들이 어느새 까르르 웃기 시작했다. 어휴, 너희들 정말 스트레스는 없겠다. 그 애들이 무척 행복해 보였다. 웃고 떠들고 다시 웃고. 자신들의 분신, 자신들의 사랑스러운 별을 이야기하는 얼굴에 깃든 행복감. 좋아하는 것을 좋아한다고 말하는 자신감.

서영이가 있는 쪽을 쳐다보지는 않았지만 환하게 웃고 있는 모습이 머릿속에 그려졌다. 그리고 미안해졌다. 나도 미안해, 서영아. 너를 조금 더 이해할 수도 있었을 텐데, 왜 그때는 그렇게밖에 못했을까? 왜 그렇게 못난 뿔들을 세우고 부정적인 생각만 했던 걸까? 낯선 감정들이 마음 밑바닥에서 맴돌다 조용히 흘러 나가는 기분이었다.

서영이는 분명 어렵사리 이야기를 꺼냈을 것이다. 어쩌면 졸업식 이후로 한동안 못 보니까 오늘 꼭 이야기해야겠다고 마음먹은 것일지도 모른다. 내가 오로지 그 애를 원망하면서 온 시간을 보내는 동안 그 애는 어떻게든 내 마음을 풀어 주려고 고민한 것이다.

우리가 함께했던 시간 동안 서로의 마음이 같지 않았다고 해서 그 애를 원망할 수는 없다. 아니 어쩌면 세상의 모든 사랑의 감정들은 다 다를 수밖에 없는 건지도 모른다. 그저 내가 그것을 이해

하지 못하고 인정하지 못한 것 아닐까?

아, 역시 누군가를 좋아하는 것은 어려운 일이구나. 서영아, 언젠가는 이야기할게. 네 마음을 이해한다고. 오늘은 아니지만 언젠가는…….

나도 모르게 졸업식장에서 불렀던 「이젠 안녕」이 입에서 흘러나왔다. 주변의 아이들이 노래 제목을 계속 말하는 바람에 나도 옮았나 보다. 가방을 챙기던 아이도 이젠 안녕! 창문 밖을 보던 아이도 이젠 안녕! 그러다가 서너 명이 합창으로 이젠 안녕! 담임 선생님의 종례를 들으면서도 이젠 안녕! 참 나, 이 노래 중독성 장난 아니네, 투덜거리며 이젠 안녕!

교실 밖으로 나가는 아이들까지 모두 이 노래를 부른다. 단 한 번의 합창으로 이렇게 많은 아이를 전염시키다니 말 그대로 불후의 명곡이다. 그러고 보니 이제 우리도 다른 반으로 뿔뿔이 흩어진다. 표현은 하지 않지만 모두 이별을 느끼고 있을 것이다. 그래서 저렇게 '안녕'을 외치는 건가? 나는 문을 나서며 교실에 남아 있는 아이들을 향해 크게 소리쳤다.

"모두 안녕!"

의리 있는 몇몇 녀석들이 "그래, 잘 가!" 하고 인사를 받아 주었다.

익숙한 멜로디가 귓가에서 다시 시작된다. 나는 그 멜로디에 얹고 싶은 가사를 떠올려 본다. 힘들었던 겨울도 이젠 안녕, 철 지난

감정들도 이젠 안녕, 어리석은 나, 부끄러운 나도 이젠 안녕. 아, 참, 빼놓을 수 없지. 우리 반 친구들아, 모두 안녕! 다들 행복해야 해!

학교 현관을 나서자 쌀쌀한 바람이 얼굴에 와 닿았다. 운동장 여기저기에서 졸업식을 마친 선배들이 하얀 입김을 내뿜으며 사진을 찍고 있었다. 따스한 겨울 햇볕이 머리 위를 비추고 있어서 그나마 다행이었다. 나는 차가운 공기를 있는 힘껏 들이마신 다음, 봄을 기다리는 가로수를 따라 성큼성큼 걷기 시작했다.

작가의 말

『첫사랑 라이브』는 3년 전에 쓰기 시작한 이야기입니다. 어느 날 '충효'라는 이름을 가진 소년이 머릿속에 떠올랐습니다. 처음에는 이야기가 이렇게 길어질 줄 몰랐답니다. 쓰는 과정에서 새로운 인물이 등장했고 그들의 이야기가 시작되었습니다. 그렇게 여섯 명의 친구들을 만났네요. 물론 한참 동안 길을 찾지 못해 헤매기도 하고 컴퓨터에 넣어 둔 채 손도 대지 못한 적도 있습니다. 이제 긴 고민의 시간을 마치고 나름대로 모양을 갖춰 세상으로 나갈 준비를 하니 감회가 새롭습니다.

작년 초, 초고를 마쳤을 때 작가의 말은 이렇게 시작해야겠다고 생각하며 두 줄을 써 놓았답니다. 딱 두 줄만요.

그 애를 사랑하는 일이 끝나도

나를 사랑하는 일은 끝나지 않는다.

주인공인 충효에게 하는 이야기였습니다. 자신을 사랑하는 일이 중요하고 자신을 소중하게 여겨야 타인도 소중하게 여길 수 있다는 생각에서 썼던 것 같아요. 이야기를 떠나보내는 순간이 되니 다시 들여다보게 됩니다. 그리고 중얼거리게 되네요. 그게 참 쉬운 일은 아니지…….

누군가를 열렬히 바라보고 무언가를 뜨겁게 갈망하는 동안 우리는 자신을 사랑하는 일을 잠시 잊을지도 모릅니다. 내가 알지 못하는 사이에 내 마음에 얼룩이 생기고 언제 생겼는지 모를 흉터가 내 시간 속에 새겨지니까요. 하지만 결국 발견하게 될 거예요. 살아가며 우러르고 있는 저 별이 결국은 나 자신이라는 것을요. 남들만큼 눈부시지 않아도, 조금 비뚤어지거나 다소 생채기가 있어도 그 별은 결국 나 자신이라는 것을요.

누군가를 사랑하는 일이 끝나도, 무언가를 갈망하는 일이 멈추어도, 나를 사랑하는 일은 계속하세요. 충효와 서영이, 승호와 다진이, 그리고 진희와 지평이까지, 여섯 친구들과 함께 응원하겠습니다.

오늘도 별의 힘을 믿으며

조규미